Fan
ファン文庫

JN103005

陰陽師学園

式神と因縁の交錯

著　三萩せんや

マイナビ出版

もくじ

序章　適性試験後の学園　〇〇八
第一章　式神と気配　〇一二
第二章　上級生との出会い　〇六四
第三章　接触　一〇六
第四章　木の一門　一五八
第五章　寮別対抗体育祭　二一五
終章　陰陽師の因縁　二八六

赤帝寮
早《はや》瀬《せ》涼《りょう》介《すけ》
灯里の友人で学級委員長の一年生。努力家で成績優秀、周りからの信頼も厚い。
伊《い》吹《ぶき》蒼《あおい》
二年生。優しくマイペースだが、次期寮監候補と目される実力の持ち主。
遠《とお》山《やま》灯《あか》里《り》
陰陽師学園の一年生。直情的で負けず嫌いな性格のため時折、涼介に注意されることも。

登場人物

青帝寮

式神《しきがみ》〈鳥〉

術者の性格や心持ちに合わせて、最も適した古今東西の鳥の姿になる。

嵐山《あらしやま》颯《そう》真《ま》

木の一門の宗家を実家に持つ一年生。血気盛んで負けず嫌いな性格。

安《あ》倍《べ》雪《ゆき》影《かげ》

陰陽師学園の教師で生徒たちから『鬼の陰陽師』と恐れられている。

陰陽師学園

式神と因縁の交錯

序章　適性試験後の学園

九月の終わり。

陰陽師学園《おんみょうじがくえん》では適性試験が終わり、生徒たちはまた新たな気持ちで学園生活を送り始めている。

それは灯里《あかり》たち一年生だけではなく、二年生も三年生も同じだ。

今の学園には、各学年での適性試験に合格した者たちだけが残っている。

同じ教室の面々が違うのだ。より精鋭揃い《せいえいぞろ》いになったとも言えるし、共に学ぶ仲間が減ったとも言える。そのような変化を経た現在、試験前とまったく同じ気持ちでいられる生徒は、ここにはいない。

試験に合格した高揚感、去っていった者たちを憂う気持ち、自分の立ち位置に対する安心感、それとは対照的な焦りなど……試験前にはなかった感情が、この山奥に隠れた学園の中には渦巻いていた。

だが、大事なイベントは、何も適性試験だけではない。

この陰陽師学園という一風変わった学校にも、一般的な高等学校のように恒例の行事が存在する。体育祭や学園祭などだ。

適性試験の次の行事は、〝体育祭〟である。

試験に向けての対策一色だった学園内の空気も、試験の一ヶ月後——十月中旬に行われる体育祭に向けて、その色を変え始めていた。どこかひりついていた適性試験前とは異なり、生徒たちの間には楽しげな気配が漂っている。

体育祭も、己の陰陽師としての実力を発揮する場のひとつだ。

しかし、適性試験のように学園への残留がかかっているわけではないので、緊迫度合がまるで異なる。生徒間で競い合い高め合うことに重きを置いたこの体育祭は、適性試験後のストレス発散の場でもあった。学園は山中にあることから、夏から秋への移り変わりが早く、気候的にも身体《からだ》を動かすのにちょうどいい時期である。

そのためこの時期には、そわそわ、わくわくしている生徒が多かった。

同様に、教師たちも張り切っていた。この体育祭というイベントは、生徒だけのものではないからだ。

木々が色づくように、学園内は賑やかに移り変わってゆく。
一方その頃――不穏な変化も起きようとしていた。

学園を囲む森は、外部からの侵入者を拒む結界になっている。

適性試験の会場である学園外演習場にも結界は張られていたが、赤黒の面をした鬼と百鬼夜行《ひやっきやこう》に破られたそれよりもずっと堅牢《けんろう》だ。しかも二重三重に重ねて張られているため、鬼や怨霊《おんりょう》の類が破ることは至難の業《わざ》――というより不可能である。

その結界には、人間や動物、虫など、命ある者ならば近づくことはできる。

だが、普通の人間ならば、わざわざ森を通らずとも駅を使う。

結界の外側は熊などの野生動物も現れる可能性がある、遭難者でもたどり着くことはない薄暗くて深い森だ。加えて、学園の場所は意図的に隠蔽《いんぺい》された場所である。歩いてやって来たり、迷い込んでたどり着くような可能性はほぼない。

しかし今、敢えて森の結界へと向かっている不気味な人影があった。

その人影が、森の気配を変えていた。

岩にできた小さな傷に染み込んだ水が、その亀裂を広げていくように。ゆっくりと、じわじわと侵食するように……。

その変化に気づいている者は、学園の中には、まだいない。

……今は、まだ。

第一章　式神と気配

風が吹く。

ひらり、はらり、と赤や黄に色づいた木々の葉が、煽《あお》られて宙を舞う。

その合間を縫うように、大小様々な無数の鳥が飛んでいる。

だがそれらは、この世に自然の生を受けて生まれた鳥ではない。この学園——陰陽師学園に通う生徒たちの術によって生成された式神《しきがみ》だ。

その中の一羽が、懸命に飛んでいた。

宙を滑るように飛ぶ姿形はツバメのようだが、日差しを受けて輝く翼の色は黄金。そして、両の頬の位置に日の丸のような赤を湛《たた》え、頭頂には冠のような羽根を有している。

式神の鳥は、オカメインコの姿を取っていた。

木々の間をすり抜け、草地を擦《す》るように水面を舐《な》めるように滑空し、学園の中を飛び回る。

東西南北へ五百メートル四方にも延びる広大な学園は、門の外の外苑を含めれば皇居と同程度の広さを誇る。その外周は五キロほど。山紫水明《さんしすいめい》、風光明媚《ふうこうめいび》な盆地の中、北には険しい山が、そして南には学外へと延びる線路に沿うようにして穏やかに流れる川があった。そんな学園を深い森が覆い隠すように囲んでいる。

平安時代に建てられた御所に似た建造物が並ぶ敷地を眺めるように飛んで、オカメインコの姿をした式神の鳥は、学内にいくつかある白砂の広場のひとつをまっすぐ目指す。

そうして、持ち主の小柄な少年――遠山《とおやま》灯里の手に戻ってきた。少し前に、ここから飛び立っていったのだ。

式神の鳥は、その嘴《くちばし》に赤い組み紐を咥えていた。

それを受け取り、確認して、灯里は己の命に従った式神の鳥を労《ねぎら》う。

「よしよし。お前はえらいなぁ」

灯里は、式神の鳥の頬を指先で撫《な》でてやりながら言った。この日の丸のような赤い部分、優しく撫でられると気持ちがいいらしい。式神の鳥は、うっとりしたように目をつぶっている。

赤い組み紐は、この式神使役術の〝特訓〟のために、西の森の大樹に括《くく》りつけておかれたものだ。『この組み紐を取って戻ってくる』というのが式神の鳥に、そしてそれを操る術者に課せられた課題だった。

「式神を飛ばすことだけなら、あなたはそこそこやれるようですね」

すらりとした美しい佇《たたず》まいの男が、そう含むような物言いで灯里を評した。

安倍《あべ》雪影《ゆきかげ》――この特訓を灯里に施している教師、そして〝鬼の陰陽師〟と呼ばれる、この学園最強の陰陽師である。

そんな雪影からの評価に、灯里は式神の頬を撫でる手を止めた。反射的に口から自分を庇《かば》う言葉が飛び出す。

「いや、だけ、ってことは……」

「ないとでも？」

「……そこそこなら？」

「言い切れないのですか。よく飛ばせていた、と」

「いや、だって、その……はい」

消え入りそうな声で呟《つぶや》き、灯里は自分の手の中の式神をまじまじと眺める。

式神の鳥は、ボロボロだった。

飛行している最中、木々をすり抜ける間に枝に何度も引っかかれ、擦るだけのはずの草地に突っ込み、舐めるように飛んだ水面には逆に舐められてしまったのだ。おかげで羽毛はボサボサに逆立ち、その至るところに千切れた草が刺さり、美しく伸びていた尾羽根はびしょびしょに濡れている。

この式神の状態を前にして「よく飛ばせていたと思います」と主張できる神経を灯里は有していなかった。なんなら式神に申し訳ない気持ちでいっぱいだった。

「いくら依《よ》り代《しろ》の式札は替えが利くといっても、これではあまりに式神が憐《あわ》れです。ご覧なさい、その悲しげな目。術者の力が足りないばかりに」

ため息交じりに雪影が言う。

式神の鳥は、確かに悲しげな——というよりも、どこかやさぐれたような目をしていた。これには灯里も黙るしかない。この式神の鳥がボロボロになってしまったのは、実際、灯里の式神を使役する力が足りないせいだからだ。

式神の鳥は、術者の力の映し鏡のようなもの。

生成した術者の力を糧《かて》にすることで活動する彼ら式神は、その身体に合わせて術者に要求する力の量も異なる。大きな姿を取る式神は、それだけ大きな力を必要とするのだ。

しかし、灯里の式神の鳥は、一般的には小型の部類である。

つまりこの式神の鳥が上手く飛べないというのは、術者としての灯里の未熟さの表れであった。

とはいえ、力量の話となれば、灯里の脳裏を過《よぎ》ることがある。

「……俺の、本来の力があれば」

「失われたものの話をしたところで、どうなります？」

灯里の泣き言など想定内だとでも言うように、雪影は即座に返答をした。その容赦のない切り返しに、灯里は思わず「ぐ……」と言葉に詰まる。

灯里は、この学園では落ちこぼれである。

入学当初は、他の生徒が使える術の類がまるっきり使えず、なぜ入学を許されたのかすら本人が疑問視してしまうほどの惨状だった。

だがそれは、鬼によって生来有していた力を奪われたからだ。

その事実を知っていた雪影の特訓により、現在の灯里は元の力を徐々にではあるが取り戻しつつある。先日行われた適性試験でも何とか及第点を取り、二年生への進級資格を得た。そのため、この学園に残留が可能となったのだ。

だが、灯里は考えてしまうのだ。

もし力を奪われていない状態でこの学園に入学していたら……と。

「大きな力があれば、今度はその力を制御するために別の力が必要になります」

雪影の言葉に、俯《うつむ》きかけていた灯里は顔を上げる。

東の五指に入るとも噂される陰陽師は、冬の湖のような静かさを湛えた目をしていた。彼の語る言葉は、失った力に執着してしまう灯里を言いくるめるためのものではなく、真実なのだろう。

「ないものねだりをしても仕方のないことですし、力を欲するあまり外道に堕ちた者たちもいるのです。たとえば〝道摩《どうま》の〟――……とにかく、灯里さんには、そのようになって欲しくありません」

一瞬、雪影は何かを言いかけたが、話が逸《そ》れたと思ったのだろう。すぐさま元の流れに戻した。

灯里も、何となく悪いものなのだろうな、と理解できたので、特に尋ねることなく雪影の言葉に頷《うなず》く。俺はそうなりません、と伝えるように。

「というわけで、いま与えられた力でいかに戦うかを考えてください。陰陽師だろうとそうでなかろうと、それを求められる場面は少なくありませんから」

「確かに……」

「あなたは、今のあなたでできることをするしかない」

「……はい」

こく、と灯里は強く頷いた。

素直に雪影の言うとおりだと思ったのだ。ならば、今ここにない力のことを考える時間すら惜しいというものだろう。

「よーし、次はもっと上手く飛ばしてやるからな！　今日は……あれ？　もう式札がない……」

「式札、十枚を使い切りましたね。もう少し丁寧に飛ばしなさい」

雪影が呆《あき》れたように頭を振った。

特訓が始まって、かれこれ二時間ほど。その間に、このボロボロの式神の鳥以上にボロボロになった式札九枚は、依り代として姿を保つことができず、ただの紙切れになってしまった。

作る端から酷使してしまうので、灯里は毎晩、次の日の特訓のために式札を量産している。だが、それでこの消費だ。

「あの……ちなみに。先生はどれくらいの頻度で式札を換えてるんですか？」

「今年に入ってから使っているのは、この式神の依り代になっている一枚のみです」

雪影は自分の肩に留まっている、真っ白な鳥に目を向けて言った。

灯里の式神の鳥と色違いなだけで、鳥種は同じオカメインコなのだが、灯里のボサボサのそれとは異なり、どの角度から見てもピカピカだった。まるで生クリームを塗ったかのように滑らかで美しく整えられた羽毛をしている。

「え。一枚のみって……じゃあ今年に入ってからは一枚もダメにしてないってことですか？」

「一年に一度、古くなった式札はお焚《た》き上げをして、新しいものに取り換えるようにしています」

げ、と灯里は思わず仰《の》け反《ぞ》りそうになった。

それはつまり、ダメにしたから換えたわけでもないということではないか。

「せ、先生、ずいぶん物持ちがいいんですね……」

「式札はそもそも念を込めて使うものですが、すべての物には念が宿ります。何でも大切に使ったほうがよろしいと思いますよ」

雪影の一言が刺さり、灯里は思わず「うっ……」と呻《うめ》いた。

一日に十枚もの式札をダメにしているところなのである。耳が痛い。

「それに、式神は式札に依存する以上、無限に生成できるわけではありません。肝心な時に足りなくなるなど問題外ですから」

「はい。気をつけます……」

雪影の苦言に、灯里は項垂《うなだ》れるようにして返事をした。

手元の式神の鳥に目を落とす。

「……ごめんな。俺のせいで」

宝石のように澄んだ赤色のつぶらな瞳が、疲れたような半目で見返してきた。灯里はため息をつく。

式神には、命が宿っているわけではない。

依り代である式札に術者が力を吹き込んだものでしかない。

身体がボロボロになれば新しい式札に換えればいいのだ。器の身体を換える——それは、生物ではできないことである。

しかし、式神に宿っている力が命ではないかというと、それはまた別の話だ。証明ができないだけで、その力とはすなわち命かもしれない……過去には、そう主張した陰陽師もいたという。実際、使役の際に式神に与える力は、術者の霊力の一部である。そして、術者の霊力の源は、その命だ。

命が宿っているかどうかの議論は置いておくとして、傷つけるのはかわいそうだと灯里も思う。このふわふわで黄色い生き物のような姿をした式神に、愛着以上の感情を持っているからだ。

この式神の生成成功が、灯里が陰陽師の才能を初めて実感した瞬間だった。そして適性試験を経た今では、自分の分身のようにすら思っている。先ほど『物持ち』とは言ったが、到底、ただの物とは思えなかった。

この式神は、灯里にとって特別な存在なのだ。大事にしたい。

「……とはいえ、一年生の中でここまで式神を飛ばせる者も多くはありません」

式神の鳥を申し訳ない気持ちで労っていた灯里に、雪影が言った。

思わず灯里はパッと顔を上げる。

「本当ですか？」

「生徒に対してお世辞や社交辞令の類を口にして差し上げるような無駄な労力は割かない主義ですが」

「な、なるほど」

雪影の言葉に、灯里はすぐに納得した。

とても雪影らしい主義だと思ったからだ。

「そもそも、式札から式神を生成した回数だけを見ても、あなたは歴代の一年生の中では群を抜いているはずです。実質、それは式札をダメにした回数でもありますから」

「先生の言い方、褒められているのか呆れられているのか、迷いますけど……」

「式神使役術以外の他の術に対する評価を聞けば、自ずと迷いも晴れると思いますが。

言って差し上げましょうか？」

「い、いいえ、結構です！」

他の術の評価は下の下だと、灯里自身すでに理解している。

先日の適性試験では、その点数で合否を判断された。

だが、それは科目ごとの点数を総合した合計点だ。使った呪術の種類ごとに、点数が加算されていく。たとえば式神を使った場合は〝使役術〟の科目に、占術を使った場合は〝占術〟の科目に……という具合だ。

中でも特に、雪影が教科を担当している〝呪術・応用〟の評価は、調伏《ちょうぶく》のための術をいくらか使えるようになったとはいえ、明るくはない。一般的な高校の試験であれば赤点スレスレ、ギリギリの及第点である。

とはいえ、学年の平均点自体が低い教科でもあるのだが……。

「まあ、これで種目は、決まったようなものですね」

雪影が口にした言葉に、灯里は目を瞬《またた》いた。

「えっと、しゅもく、ですか？」

「体育祭の出場種目ですよ」

「ああ、体育祭！　もう来月ですね」

体育祭。

徒競走やパン食い競争、綱引きや玉入れ、騎馬戦をしたりする、運動能力を用いる競技を行う学校行事だ。

一般的な高校と同じく、ここ陰陽師学園にも体育祭がある。

チームは紅白やクラス別ではなく、五つある寮ごとにまとまる寮対抗戦の形を取る。

……もっともその競技内容は、若干一般的とは言い難いのだが。

たとえば、占術の的中率を競う『借り物当て競走』、コースに設置された呪を見破る速度が要となる『障害術回避競走』、いかに早く穢《けが》れを祓《はら》えるかをチームで競う『呪物浄化リレー』など……まず一般的ではない演目ばかりである。

「俺の出場種目、決まったようなものなんですか？」

「十中八九、あなたは『式神レース』になるでしょうね」

式神レース――生成した式神の鳥を飛ばして学園を一周する速度を競う、使役術の練度を競う競技だ。各学年からそれぞれふたり、各寮で計六名を選出し、その式神の着順によって得られる点数の合計を競う。

「でも、式神レースって花形競技ですよね」

「そうですね。あれは、なかなか壮観ですから」

「そんなのに俺が選ばれますかね？」

「それを決めるのは、あなたの寮の一年生たちかと」

「あー……ですよね」

「ただ、あなたがもっともチームのために力を発揮できるのは、現状だとその競技だけでしょう。そして、今のあなたの同級生は適性試験を通過した者たちです。チームが勝つために、よい選択ができると思いますけどね」

言って、雪影は式神の鳥を式札に戻した。

今日の特訓は終わりということだ。

「先生、今日もありがとうございました！」

「ええ。ではまた後日」

色づいた葉が舞い散る中、雪影は去っていく。

その後ろ姿を見送って、灯里は口角を上げた。

「先生、『また』特訓してくれるってさ。やった」

指先に留まった式神の鳥に、灯里は笑顔で話しかけた。

最近の灯里は、雪影に特訓してもらうのが楽しみになっている。

自分の成長を実感できるようになってきたからだ。失われた力が、徐々にではあるもののの、試験の時よりも戻ってきているのかもしれない。そして、成長しない時期を知っているだけに、成長する時期が楽しい。今は伸び盛りのようだった。

「……あれ？　先生、後日って言ってたけど、明日だよな？」

灯里の疑問に、式神の鳥は小首を傾《かし》げた。

特訓は今でも毎日行ってもらっている。明日もいつもどおりにやるものだと思っていたのだが……。

「……俺の聞き間違いかな。先生が言い間違うわけないし……うん。たぶんそうだ。よし、また明日も頑張ろうな」

ピョロ、と応えるように式神の鳥が鳴く。

それを聞いて、灯里は式神へ力を送るのを止《や》めた。

「今日はお疲れ」

瞬間、しゅるん、と手の中で鳥の姿が一枚の紙になる。

その劣化具合を見て、灯里は頭を掻いた。

「……俺が頑張らないとなんだよな」

ため息をひとつついて、灯里はボロボロになった式札を懐《ふところ》から取り出したケースにしまった。この使用済みの式札は、学園内のところどころに設置されているポスト型の古札納め箱に入れる。すると、学園側でお焚き上げしてくれるのだ。

灯里はいつも、使い果たした式札を納めてから寮に帰っている。今日も同じように古札納め箱に立ち寄ることにした。

寮に戻る道すがら、設置された古札納め箱の前で、灯里は立ち止まった。

そうして懐からケースを取り出す。中の式札は、用意してきた十枚すべてダメになってしまっている。

その十枚の劣化した式札をポスト型の箱の口に納めた時だった。

「これでよしっと…………んん？　なんだ？」

視線を感じて、灯里は周囲を見回す。

だが、誰もいない。

木々が夕方の風に揺れているだけで、他に動くものはなかった。

落ち葉は宙を舞っているが、その間を飛ぶ式神の鳥なども見当たらない。

「……気のせい、かな」

ぞわり、としたうなじのあたりを擦《さす》りながら、灯里は首を傾げる。

最近、何だか視線を感じることが多い。

実は、今回が初めてではないのだ。しかし、その視線の主は探してもいつも見つからない。

少し前に、灯里は自分の霊力が質・量ともに元々は非常に優れていたことを雪影から聞いた。鬼にすら狙われる特別な霊力を持っていたのだ、と。

灯里はそれを聞いた時、自信が湧くのを感じた。

やっぱり自分は特別なのでは、と思った。

だから、今こうして視線を感じているのは、自意識過剰になっているのかもしれない。

この視線も自分の気のせいでは？　――そうは思うのだが、さすがにこう何度もだと、違うような気もする。

自分の気のせいなどではないかもしれない、と……。


「……ストーカーみたいなのがいるってことは、ない？」

寮の食堂で顔を合わせて夕食をとっていた友人の涼介《りょうすけ》が、心配そうに言った。

ちょうど先ほどの視線について、灯里が話をしたところだった。

食堂には他の生徒たちもいて賑《にぎ》やかだ。先ほどの帰り道の静けさとは、まるで対極だった。

灯里と涼介の今晩のメニューは、秋刀魚《さんま》の塩焼き定食である。

学園は山奥にあるが、東京秘密地下路線を使い、朝一で漁港から輸送されてくる魚介類は新鮮だ。日によってはお刺身定食なんかも並ぶことがある。もちろん学園の前を流れる川で採れた魚が出てくる時期もあって、夏の間はよく鮎《あゆ》や山女魚《やまめ》の塩焼きが食べられた。灯里はこの学園に来てから川魚も好きになった。

「ストーカーかぁ……」

「その反応……もしかして心当たりあるの、灯里？」

「いや、特にあるわけじゃないんだけど」

昔はいたけどなぁ……と思い返しながら、灯里は秋刀魚に箸を付ける。

嫌な記憶になるが、小学生や中学生の頃には、下校時に後をつけてくる者もいた。そういう厄介な人物は灯里の霊力に惹《ひ》かれたのかもしれない、と雪影が教えてくれたのだが、当時はただ怖くて気持ち悪かった。

しかし今回感じた視線は、過去のそれとはちょっと違う気がした。

「たぶん、そういうのじゃない気がする。上手く言えないんだけど、ストーカーっぽいのとは違うと思う」

「そっか。でも、気をつけなよ？　僕も周りを注意しておくから」

「ありがとう。助かるよ」

「ちなみにそれ、雪影先生には言ったの？」

「いや、言ってないよ。俺の気のせいかもって思ったし、本当に気のせいかもしれないし」

「言っておいたほうがいい気がするけど」

「気のせいでも？」

「何か起きた時に話が早いし、もし何も起きなければそれでいいわけだし。そもそも先生になら、視線の犯人がいた場合、分かるかもしれないしさ」

「見つけられるってこと？」

「雪影先生、一流の陰陽師だし」

「そういうこともできるのか……陰陽師ってすごいんだな」

「昔から護身、呪殺、索敵に未来予測と、なんでもござれ、みたいなところがあったからね」

「それって、俺たちもそういうことやるんだよな」

「まあね……とはいえ、仕事としてできるようになるのは、この学園の卒業生でも一部のエリートだけだよ」

「ってことは、先生たちもその一部のエリート……？」

「もちろん。でも、雪影先生は別格かな」

言って、涼介は味噌汁を啜《すす》った。

それを脇目に、灯里も食事を進める。

雪影のすごさは、入学当時こそ理解できなかったものの、今の灯里になら分かる。

雪影は、適性試験の際、怨霊の群体である〝百鬼夜行〟だけでなく、怨霊の上位存在である〝鬼〟ですらも難なく浄化してしまったのだ。流れるように淀みなく、焦りのひとつも見せずに、淡々と……。

灯里は、その浄化の瞬間を間近で見ていた。

お手本としてこれ以上ないくらい雪影の呪術は見事で、灯里のまぶたの裏にはその光景が未《いま》だに焼きついている。震えるほど、かっこよかった。

そしてそれは、自分の将来の目標がしっかりと像を結んだ瞬間でもあった。こんな陰陽師になりたい、と。

「んー……雪影先生には特訓までしてもらってるし、これ以上あんまり迷惑かけたくないんだけどな」

「逆だよ灯里」

「逆？」

「言っておいたほうが、迷惑にならない」

「そうかな？」

「雪影先生は、報告してなかった時のほうが怒ると思う」

「あー……それは、そうかも」

どうして先に言わなかったのですか、と雪影は言うだろう。

そんな気も――いや、そんな気がする。

「うん。折を見て、言っておこうと思う」

「それがいいと思うよ。試験の時みたいに何かあるってことは、さすがに学園の中ではないと思うけど」

涼介の言葉を聞きながら、灯里は秋刀魚の頭と尾だけがついた骨を外した。食べ方に、彼の育ちの良さが出ている。

……灯里はまだ、涼介に自分の力の話をしていない。

それは灯里だけの判断ではない。雪影にも「他言しないことを勧めます」と言われていた。

灯里の力を求めて、適性試験の会場に鬼と百鬼夜行は現れた。

だが、あれは灯里が学園の外で力を使ったことで、灯里の力を奪った鬼と縁のある鬼が感知したようだ……雪影の見立てでは、そのような話になっている。なので、学園内にいればあのように突然襲われることはないだろう、とのことだった。

――『対処が必要ならともかく、そうでない場合、大きすぎる力の存在は隠しておいたほうがいいでしょう』

そう忠告した雪影の言葉には、灯里も賛成だった。

どのみち元に戻るかも分からない力である。

ならば涼介を巻き込む必要もないし、闇雲に懸念を抱かせる必要もない。いたずらに心配させたくもないし、怖がらせたくもない……。

考えながら、灯里は秋刀魚を口に運ぶ。ほどよく振られた塩気と適度に乗った脂が、舌の上に旨味と一緒になって広がる。

「ところで灯里。体育祭の出場種目って決めた？」

涼介の言葉に、灯里は目をぱちくりさせた。

「え？　いや……っていうか、種目って自分で決められるの？」

「希望は出せるよ。基本的には挙手制なんだってさ」

「そうなんだ。詳しいね」

「学級委員長だからね。種目決めのミーティング、明日だし」

言われて、灯里は「そういえば……」と思い出した。

今日の帰りのホームルームで、担任教師がそんなことを言っていた気がする。『明日の放課後は寮ごとに分かれて体育祭の種目を決めます』と。雪影との特訓で頭がいっぱいだったので、すっかり忘れてしまっていた。

雪影は今日の特訓のあと、『また後日』と言っていた。

あの〝また〟は、きっと明日の放課後は特訓の時間が取れないと知っていたから出た言葉だろう。聞き間違えたわけでもなく、灯里が単純に担任の話を覚えていないだけだったらしい。

「寮ごとになるから教室での話し合いとは勝手が少し違うけど、早く終わったほうがいいだろ？　それで、先生から手順を聞いて、頭の中で予行演習してたんだ。まとまらなさそうなら、僭越《せんえつ》ながら僕がミーティングの進行役をしようかなと」

「おお、さすが俺たちの学級委員長……！」

灯里は、涼介の準備のよさに感心した。

涼介は教室でも話をまとめるのが上手い。

灯里たちのクラスが普段、他のクラスよりも早くホームルームを解散できるのは、彼のまとめ役としての手腕によるところが大きかった。

加えて涼介は成績も優秀なので、クラスの皆は暗黙の了解で彼をクラスのリーダーと認めている。寮の同級生たちも、そんな涼介の評価を知っているはずだ。友人の評価であって自分のことではないのだが、灯里は何となく鼻が高かった。

「で、灯里は何か希望種目あるの？」

「いや、特に希望するってわけじゃないんだけど」

「けど？」

「雪影先生に、式神レースのことを言われた」

「おお。花形競技じゃん」

「そうなんだけど、理由はそうじゃなくて……他の種目だと俺はチームの役に立てないだろうっていう消去法的な話でさ」

「式神レースなら、か。灯里の式神、飛ぶの速いもんな」

「速いけど、障害物を避けるのは下手だよ」

「僕の式神と逆だな」

涼介の式神の鳥は、コザクラインコだ。

小さい鳥なので小回りが利くのだが、飛ぶ速度は灯里の式神よりも遅い。一生懸命羽ばたいても、飛行スピードは半分以下だ。

「そういう涼介は？」

「あー……まだ考え中かな。寮のみんなの希望次第で決めようかなって」

「なるほど。涼介だったらどの種目でも大丈夫そうだもんな」

「まあね。大丈夫ではあるかな」

涼介は苦笑しながらそう言った。

一瞬その反応が、灯里には気にかかった。友人から、何やらモヤモヤしているような気配を感じたのだ。だが、次の瞬間にはその気配は消えていた。

灯里は、わずかに考える。無視してもいい、小さな違和感だったのだが……。

「……涼介。俺、もしかして何か嫌なこと言った？」

「えっ、な、なんで？」

「涼介、何だか微妙そうだったから」

狼狽《うろた》えた涼介に、灯里はそう答えた。

覚えた疑問は呑み込んでもよかった。灯里が涼介に感じたのは、気のせいかもしれないほどの微かな空気の変化だったからだ。

だが、それでは涼介が嫌な気持ちを呑む側になるかもしれない。

「俺、涼介には気を遣わせたくないっていうか、そういう我慢はして欲しくないなっていうか……気に障るようなことを言ってたなら、謝りたいし、次からは言わないようにしたいからさ」

「灯里…………ありがとう」

涼介は逡巡《しゅんじゅん》したのち、灯里にそう小さく呟いた。

それから彼は、箸を置いて姿勢を正し、咳ばらいをひとつ。そうして、口にしづらいことでも明かすように、ゆっくりと話し始めた。

「灯里が嫌なことを言ったとかじゃないんだ。実は、僕……式神レースに出たいと思ってて」

「ああ、そうなんだ。いいじゃん」

「でも僕の式神の鳥じゃ飛行速度的に出場は無理——え？　今、なんて？」

出鼻をくじかれたかのように、涼介は目を瞬いた。

その様子に、灯里はきょとんとして答える。

「いいじゃん、って言ったけど」

「……いいと思う？」

「うん。涼介の式神って、なんか一生懸命っていうか……他の式神を追い越そうって頑張ってるのが伝わってくるし、それはたぶん、クラスのみんなも感じてることだと思うよ」

「そ、そっか……でも、チームの足を引っ張るかもしれない。それは学級委員長としてどうかと……」

「好きな種目、選んでいいと思うけど。だって基本的に挙手制なんだろ？」

「う、うん……」

「なら、出たいものでいいじゃん。それに、涼介が選ぶなら、たぶん文句も出ないと思うし」

普段からクラスのあれやこれやをまとめてくれている涼介である。彼が望むのであれば、同じクラスの者は推してくれるだろうし、他のクラスの同寮生たちからも認められるだろう、と灯里は思う。

「……じゃあ、僕も、灯里と一緒に出られるかな。式神レース」

「そもそも、俺のほうがダメって言われるかもよ？」

「その時は僕が推すよ」

「揉めずに決まるといいけど」

「揉めそうな時は式盤を使って決めるらしい」

「式盤……ってことは、〝六壬神課《りくじんしんか》〟で占うってこと？」

「そう。入学した時の寮分けみたいに」

「最初からそうしたらいい気もするけど」

「自分で決めたほうが、やる気を出して練習するからじゃない？」

「そうかな。誰かに決めてもらったほうがやる気が出るって人もいるかもって思うけど」

雪影に言われて、灯里は式神レースを希望しようかと思うようになった。

だが、もし言われていなかったら、何に出たらいいか分からなかったはずだ。だから、式盤の定めも、雪影の言葉と同じような効果があるのでは、と灯里は考えた。

しかし、ふと思い至る。

「あ……でも、六壬神課で決められたら、拒否権ないのか」

灯里の言葉に、涼介が「そうだよ」と頷く。

六壬神課は占術――つまり占いだが、行うのは陰陽師だ。

もし式盤に選ばれた種目が嫌であっても、結果で適性アリとされれば『向いているのだからやるべきだ』と周りから言われるに違いない。

「僕みたいに、適性的には微妙だけどやりたいっていう人間には、話し合いのほうがまだ選択の権利が得られてありがたいかな」

「確かに、俺も苦手な種目に選ばれたらむしろ困る」

「でしょ？」

「うん。自分の意思で選べるなら、そのほうがよさそうだ」

「入学時の寮分けは生徒が選ぼうとすると、偏る可能性があるからね」

「ってことは、人気の寮とかあるの？」

「有名な陰陽師が在籍していたとか、人気の先輩がいるからとか」

「あー、なるほど……そっか……」

「雪影先生なら赤帝寮の出身だよ」

「本当？　……っていうか、なんで俺の考えてること分かったの？」

「考えてることっていうか、灯里が考えそうなことだったから」

言って、涼介は秋刀魚を口に運んだ。

灯里はお椀を持ったまま、しばらく考えた。

……そんなに考えそうなことだっただろうか？

疑問に思いつつ、灯里も食事を進める。自覚していなくとも、外から見ているほうが分かることもあるかもしれない、と。

そうして食べ終えたあとのこと。

「灯里、そこ、ついてるよ」

「え？」

「ご飯粒」

涼介が自分の頬を指差し、灯里に指摘した。

灯里は慌てて頬を探る。確かについていた。

……やはり自分ではよく分からないが、周囲には見えていることがあるのかもしれない。

先ほど涼介に考えを読まれた件についても、灯里はそれで納得したのだった。


翌日の午後、ホームルームの時間。

他の寮と同じく、灯里たちの暮らす赤帝寮でも、学年ごとに分かれて体育祭の種目を決めるミーティングが行われていた。

四階建ての寮は、各学年で居住する部屋の階層が分かれている。

一階部分は食堂や管理室などで、二階から上が生徒の居住フロアだ。一年生が住んでいるのは、二階部分。その上が二年生、三年生が一番上に部屋を割り振られている。そして、学年全員が集まれるような会議室が、それぞれの階層には一室ずつ備えられていた。

現在、灯里たち赤帝寮の一年生は、二階の会議室に集合していた。

寮は同じでも、クラスが異なるとほとんど話すこともない。灯里が名前を知っている者は半分もいなかった。とはいえ、これは灯里の記憶力や他人への関心度に問題があるわけではない。クラスが別だと、積極的に交流する機会がないのだ。そのため、他の者たちも灯里と似たようなものだった。

けれど、涼介は別だ。

灯里も驚いたのだが、涼介はその場の全員の名前と顔を覚えていたのである。

そして、そんな涼介が司会進行役となるのは自然なことだった。おかげで、探り合いのように始まった話し合いも、さして時間が経たぬうちに円滑に進み始めた。

競技も次々と決まってゆく。

式盤の出る幕はなかった。皆、ほぼ自主的に挙手したからだ。

実はそれも、涼介の手腕によるところが大きい。

何となく「出てもいいかな？」という顔をしている者に、涼介は「どう？　やってみない？」というように自然と促していた。あとひと握りの勇気が足りない人の背を優しく押すのが、涼介は非常に上手いのだ。灯里が普段から友人に感じている長所であり、空恐ろしいところだった。

涼介は、冷静な分析で人の長所を見出す。だから、促された者は、思わず一歩踏み出してしまうのだ。「自分にも、やれるかもしれない」と。

……そうして促された結果、現在。

灯里も、式神レースの出場希望者に、自ら手を挙げていた。

周囲の様子を窺いつつ……と思っていたのだが、全員の間に沈黙が生じた瞬間、涼介から「僕はやりたいんだけど、灯里はどうかな？」と矛先を向けられたのだ。そうなると「……俺も」と言うのは簡単だった。

「他に希望する人はいませんか？　…………………いないようですね。では式神レースの出場者は、遠山灯里と、僕・早瀬《はやせ》涼介の二名ということで……皆さん、よろしいでしょうか？」

パチパチパチ、と決定を認めるように拍手が鳴る。

こうして式神レースの出場者は、灯里と涼介のふたりに難なく決まった。

他の者は手を挙げなかったが、それは涼介と灯里が先んじて手を挙げたからである。というのも実のところ、赤帝寮の一年生の中では、ふたりの式神使役術は飛び抜けていた。

命じたとおりに飛び、命じたとおりの任務をこなし、命じたとおりに戻ってくる……それを式神の鳥にさせるだけでも、実はかなり難しい。二年生でも難儀している者は少なくない。

だが、灯里と涼介は一年生だが、それができる。

灯里の式神の鳥は、飛び方にこそ難があるが、性格は素直。そして速度では群を抜いていた。オカメインコ型の式神は学内では珍しく、紅葉した銀杏《いちょう》の葉より鮮やかな黄金色はよく目立つ。ゆえに、その飛び回る姿を見ている者は、同じ寮にも少なくなかったらしい。加えて雪影の式神と同じ種類とあって、他の生徒たちの期待も大きいようだった。

涼介の式神の鳥は、飛行速度はさして出ない。性格も、若干攻撃的というか噛《か》み癖があるというか――少々の難がある。しかし、命令の遂行を絶対に諦めない、類い稀なタフさを有していた。

涼介の式神には、実家から寮までの長距離を飛び、灯里に手紙を届けたという驚くべき実績もある。灯里が教室でこの話をした時、クラスメイトたちは舌を巻いていた。その逸話を知る者がこのミーティングの場にもいて、他のクラスの者に囁《ささや》いた結果、皆すんなりと涼介の出場に納得したのである。

結局、その他の競技も早々に決まり、六壬神課で占うこともなく、赤帝寮の一年生たちは予定されていた時間を余らせて、早々に体育祭の話をまとめてしまった。

「あっさり決まってよかった。涼介が話を上手く進めてくれたおかげだよ」

会議室の椅子に座り、灯里は涼介に微笑みかけた。

話し合いは終わり、集まっていた他の一年生たちは解散している。残った灯里と涼介は、彼らを見送ってほっと一息ついていた。

「いやいや、みんなが体育祭のことを真剣に考えてくれたおかげだって」

灯里の賞賛に、涼介は照れたようにそう答えた。

謙虚なのだが、まんざらでもない様子だ。どこか彼の式神の鳥であるコザクラインコが胸を張る様子に似ている。

「しかし、みんな結構、体育祭に本気なんだな。意外だった」

やる気のない人間が何人かいるだろう、と灯里は思っていた。

通っていた中学校ではそうだったからだ。進まない話し合いに業を煮やした担任教師が「誰か希望者はいないか？」と促して、それでもなお決まらない……体育祭とはそういう、学校側からの半強制的なイベントだと考えていたのだ。

けれど、先ほどの話し合いは、そのイメージとはまったく異なるものだった。

皆、想像以上に意欲的で、自主的に参加しようとしていた。それが灯里には不思議だったのだ。

「基本的にやる気のあるやつしか学園に残ってないってのはあるけど」

涼介の言葉に「それは確かに」と灯里は相槌《あいづち》を打つ。

「でも、寮ごとに分かれて競う機会なんてないし、競技の結果次第では、西校との交流戦のメンバーに選ばれるからね」

皆のやる気の理由について、涼介がそう教えてくれた。

西校というのは、京都に所在があるという姉妹校、陰陽師学園・閶闔《しょうこう》校のことだ。ちなみに、関東の山中にあるここ開明校は東校と呼ばれている。

この東西二校は、毎年、年明けに東西対抗の交流戦を行っていた。

交流戦は、各校から選抜された生徒で構成する代表チームで競い合う。種目が重なっているので、体育祭はその対抗戦に出す生徒の選抜会も兼ねているらしい。

「全然知らなかった……」

「えっ、嘘《うそ》」

思わず零《こぼ》した灯里に、涼介が驚いている。

「たぶん、入学早々に説明されてた気がするし、最近もホームルームで先生が言ってた気がするけど」

「涼介がそう言うなら、言われてたんだと思う……俺が聞いてなかっただけで」

入学時は初めて触れること、覚えることがたくさんありすぎて、キャパシティをオーバーしていた。そして最近は、適性試験を通過したことで浮かれていたのだろう。その自覚が灯里にはある。

「でも、俺でよかったのかな……」

事の次第を理解した瞬間、そんな言葉が思わず灯里の口を衝《つ》いた。

他に出たい人がいたのではないか、と思ったのだ。ただの体育祭だと思っていたが、東西対抗戦の選抜会となると話は別だろう、と。

だが、そんな灯里に対し、涼介は首を振ってみせた。

「そんなこと考えなくていい。もし、希望する人がいたとしたら、その人に僕たちでよかったと思わせよう」

「涼介……」

「どの種目に出たって、結局、誰かの可能性を奪うのは同じなんだ。だから、納得させるようなレースをするしかないよ」

「そう、だよな……うん。俺、涼介についていく」

「レースでは、僕がついていくことになる気がするけどね……ねえ、灯里。先輩たちや他寮は、まだ話し合いしているだろうし、ちょっとここで式神を飛ばす練習していかない？」

「いいね。賛成」

ふたりは、お互いに式札を取り出し、式神を生成した。

飛び回りながら部屋のあれやこれやにぶつかるオカメインコと、それを必死に追うもまったく追いつけないコザクラインコ……そんな二羽を眺めて、灯里は額に手を当ててため息をついた。

「……俺たち、選択を間違えたかもしれない？」

そう呟いた灯里の傍らで、涼介は否定することなく苦笑いを浮かべた。

「灯里の式神、めちゃくちゃ速いけど……いつもボロボロだよね」

「そうなんだよ。コントロールが下手なのかな」

「まあ、僕の式神より、灯里のは大きくて体格も立派だからね——痛っ、噛むことないだろ！　お前も十分立派だよ！」

涼介の指を噛んだのは、彼の式神だった。

この式神の鳥の噛み癖は、術者の葛藤を表している時に現れるという。

涼介は、誰よりも立派でありたいという願望を持っているのかもしれない。式神とのやり取りを見ていて、灯里はそう感じた。

「と、とにかく、式神の鳥の種類やその大きさには、一長一短があると僕は思うんだ」

噛まれた指を擦りながら、涼介が続ける。

「小さい式神だと小回りは利くけど、速度を出すために、より一生懸命、羽ばたかなきゃいけない。逆に大きい式神になればなるほど、一回の羽ばたきで進める距離は長くなると思う。けど、物にぶつかりやすくなるよね」

「確かに……」

「だから、僕のより、灯里の式神は、それだけ式神の操作技能も求められるんじゃないかな」

「操作技能………どうやったら上手くなるかな？」

「その辺は式神の姿が同じ種類なんだし、雪影先生に教えてもらうのがいいと思うけど」

「やっぱりそっか……うん。先生に訊《き》いてみるよ」

涼介の言葉に、灯里はどことなく安心した。

雪影のおかげで、ここまで飛ばせるようになったのだ。体育祭本番までに、きっと雪影から学べばなんとかなるはずだ。

雪影を頼れば大丈夫だ。

そんな風に、灯里は楽観的に考えていた……この時までは。


ミーティング後の涼介と別れたあと、灯里は学内を走り回った。

雪影を探していたのだ。

今日は特訓がない。それは昨日の雪影の発言から灯里も知っていることだ。

だが、体育祭の出場種目が決まったことを報告したかったのである。先生が言ったとおりの種目に決まりましたよ、と。

しかし、雪影はなかなか捕まらなかった。

灯里はまず、いつも特訓をしている白砂の広場に姿がないことを確認しつつ、職員室へと向かった。

だが、そこに雪影はいなかった。

とはいえ、雪影が職員室にいないことは珍しいことでもない。

今、職員室に来たのも、他の教師に雪影の所在を尋ねるためである。

職員室には何人かの教師がいたが、灯里はその中で一年生の体育を担当している教師・瑞樹《みずき》に話しかけた。

「あの、瑞樹先生。雪影先生、どこにいるか知りませんか?」

「雪影先生なら、二時間前に職員室を出ていってから……そういえば一度も戻ってきてないような?」

「出かけてるってわけじゃないんですよね?」

「『ちょっと気になることがある』って言って出ていっただけだから、学内にはいるはずだと思うけど……外出の予定表に書かれてないしね」

壁の黒板を示して、瑞樹は言った。

そこには教師たちの予定が書き込まれている。だが、現在の雪影の予定は空欄だ。

灯里は「ありがとうございました」と瑞樹に言って、職員室を後にした。職員室でなければ、食堂や集書院だろうか。職員寮の自室に戻っているのかもしれない。さすがにひとりで山登りには行っていないと思うのだが……。

「……走り回って探すのは効率が悪いな」

職員室のある棟から外に出た灯里は、ピタ、とその足を止めた。

学園の敷地は広い。闇雲に探し回っても時間がかかるどころか見つからない可能性が高かった。待ち合わせの約束をしていない雪影を探す時、いつも灯里はかなり苦労している。

「えーと……人探しをするなら……式盤は部屋に取りに戻らなきゃいけないから、結局時間がかかるか……」

他に人探しの呪術などは習っていない。いっそ大声で呼んでみるか、と灯里は思ったが、雪影に叱られそうなのでやめておくことにした。

ならば、自分が探れる方法は、己の足で探すか、

「……式神に探させるか」

とはいえ、灯里の式神がとりわけ優れた探知能力を持っているというわけではない。広い敷地の中、しかも雪影は屋内や物陰にいるかもしれないのだ。

だが、空からの目のほうが、走って探すより速い。灯里は式札を取り出した。

「我が翼と成れ。急急《きゅうきゅう》――」

「こんなところで式神使役の練習ですか、灯里さん」

「うわっ⁉」

すぐ背後から声が聞こえて、灯里は前のめりに飛び退いた。

身体を捻《ひね》って振り向けば、そこには先ほどから探していた、人にしては美しすぎる顔があった。

雪影である。

「ああ、先生。びっくりしたぁ……」

「こちらこそ驚きましたよ。なんて声を出すのですか」

耳が痛いというように雪影が顔を顰《しか》めた。

「す、すみません……でも、いつの間に？」

「あなたが式札を取り出している間にですね。もう少し周囲に気を配りなさい」

「はい、そうしま——あっ！　俺、先生を探してたんですよ」

「私を？」

「そうです。職員室に行っても、どこにいるか分からないって言われて、それで式神の鳥に空から探させようと思って」

「ああ、なるほど。それで」

「いつもは俺に特訓してくれてる時間じゃないですか。だから、先生がどこで何をしてるのか分からなくて」

「それは……少々、用事があったので」

一瞬、灯里は雪影が言い淀んだ気がした。

だが、その疑問は確かな形になる前に霧散した。雪影が話し始めたからだ。

「で、どうして私を探していたのですか？」

「体育祭のことなんですけど、俺、式神レースに出ることになりました！　先生の言ったとおり――というか、自分で手を挙げたんですけどね。同じクラスの早瀬涼介と一緒に出ます。それを報告したくて」

「そういうことでしたか」

「というわけで、先生。今日はもうこんな時間ですけど、明日から式神レースに向けて特訓をお願いします！」

「申し訳ありませんが、お断りします」

勢い込んで頭を下げようとした灯里は、雪影の返答にこけそうになった。

信じられない気持ちで顔を上げ、目を瞬く。

「えっ……？」

「あからさまにショックを受けた顔をしないでいただけますか」

「いや、だって、先生……いま断るって……」

「式神レースは他の生徒も出るのです。あなたひとりに肩入れするのは、適性試験で手助けするようなもの。普段の特訓は補習のようなものですが、東西校対抗戦の選抜も兼ねた体育祭で、教師が特定の生徒を贔屓《ひいき》するわけにはいきません」

「それは……そうですね。あ、じゃあ、特訓は――」

「その特訓の件ですが、一時中止にします」

「ええっ!?」

「いちいち大声を出さない」

「す、すみません……でも、なんで……」

「所用ができたのです。それを終えるまでは、再開はできません」

「ああ、そういう……」

灯里はホッと胸を撫で下ろした。

『一時』と言われたが、完全に終わってしまうような気がしたのだ。

「あの……ちなみに『それを終えるまで』って、具体的にどれくらいですか？」

「そうですね。体育祭までには何とかするつもりですが」

「え。その言い方だと、体育祭までほとんど特訓できないってことですか……？」

「そうなりますね」

しれっと答えた雪影に、灯里は絶句した。

想定外の事象に眩暈《めまい》がする。

「そ、そんな……じゃあ、俺は誰を頼ったら……」

「人に頼ることが前提というのは、はっきり言ってどうかと思いますが」

「それは……でも……」

正直、雪影を当てにしていた。

式神使役に絞って特訓をしてもらえば、レースでも活躍できるのでは？　と思っていたのだ。

「楽しみにしていますよ」

当てが外れて力が抜けそうになっていた灯里は、その言葉に顔を上げた。

雪影が、微かに口角を上げている。

「あの……それは、俺の活躍を期待してるってことですか？」

「ええ。どれだけ飛ばせるようになるか、見ものです」

「先生、その言い方は……」

「なんです？」

「……燃えます」

灯里が言うと、ふっ、と雪影は笑った。

弟子のその答えは、師匠にとって満足のいく言葉だったのだろう。

「先生の特訓ナシでもできるってところ、見せてやるんですからね」

「ええ、どうぞ。存分に頑張ってください」

「頑張りますとも。一着を取るところ、見せますからね」

「口だけにならないことを期待します……ああ、それと灯里さん」

「なんですか?」

「私が特訓をつけることはできませんが、あなたの赤帝寮にはいい式神の鳥使いがいます」

「え。うちの寮に、そんな人がいるんですか?」

「学年混合のチームで合同練習を始めるでしょうから。彼からよく学ぶように」

では、と言って会話を終わらせ、雪影は去ってしまった。

急いでいたのかもしれない。灯里が詳細を問う間もなかった。

「……先輩、なのかな?」

一年生のメンバーは、灯里と涼介だ。今の雪影の発言からしても、〝いい式神の鳥使い〟とは上級生のことだろう。名前を教えて欲しかったのだが、すでに雪影の姿は見えない。

「いい式神の鳥使い、か……」

想像して、灯里はわくわくしてきた。

特訓を断られたのは残念だったが、忖度《そんたく》など一切しないであろうあの雪影が褒める相手だ。間違いなく実力者だろう。

そんな人と、一緒に練習ができる——。

「そうだ！　式札、たくさん用意しておかないと」

先輩たちとの練習中に足りなくなってはまずい。合同練習を楽しみに思いながら、灯里は明日の準備をすべく寮へと引き返した。

だが、その道中のこと。

不意に灯里は足を止め、バッと素早い動きで振り返った。

またしても視線を感じたのだ。

と、瞬間的に周囲を見渡した視界の中、小さな何かが横切るように飛んでいった。

「……鳥？　式神、か？」

ハッキリとした姿は見えなかった。

だから、ただの鳥だったかもしれないし、蝙蝠《こうもり》などの別の生き物だったかもしれない。この山奥の学園は結界により隠蔽された場所だが、それでも野生動物が迷い込むことはあった。結界は、この山のものは拒まない。

「あっ、そうだ！　視線のことも先生に相談するんだった！」

特訓を断られた衝撃ですっかり忘れていたことを灯里は思い出した。小さな何かが消えた先を睨んで、うーん、と唸る。

「……ハッキリしないなら、ハッキリさせるまでだな」

正体を確かめた上で、雪影に報告すればいい。

そう判断した灯里は、小さな影を追いかけることにした。それが横切った場所へと走り、消えた方向に姿を探す。

「あっ、いた！」

このあたりに生息している野鳥にしては華奢な、小さな白い鳥。

それが、ちょこん、と校舎の屋根に留まっていた。

だが、灯里に見つかったからか再び飛び去ってしまう。やはりただの鳥ではなさそうだ。鳥にしては、灯里の視線に敏感すぎる。

「逃がすか……っ」

灯里はすかさず追いかけた。体力と脚の速さなら自信がある。しかし、相手は空を飛んでいる鳥だ。どう頑張っても捕まえられない。

それなら……と灯里は走りながら、懐より式札を取り出す。

今日は雪影との特訓もなかったので、幸いにもまだ余っていた。

「我が翼と成れ——急急如律令《きゅうきゅうにょりつりょう》！」

目には目を、歯には歯を……そして、鳥には鳥を。

生成した式神の鳥に、灯里は命じる。

「あいつを捕まえてくれ！」

ピュイッ、と返事をするようにひと鳴きし、オカメインコの姿をした灯里の式神の鳥は、飛び去ろうとする小さな白い鳥を追う。

自分の式神の鳥なら……と灯里は期待した。相手がどこの誰が使役している式神の鳥かは分からないが、木から組み紐を取ってくるように捕まえてくれるのではないか、と。

しかし、予想以上に相手の鳥の動きがいい。

素早く切り返すような俊敏な飛行に、灯里の式神の鳥が翻弄されている。捕まえるどころか、まるで触れることもできない。得意のスピードも、蛇行したり一ヶ所に留まるような飛び方をされては発揮することができない。

そんな光景を、灯里がヤキモキしながら見守っていた時だった。

「うっ……」

突然、身体にどっと疲労感が押し寄せてきた。

式神の鳥に、体力の限界が来ているらしい。その不足分が、術者の灯里から吸い上げられている。

灯里は堪《たま》らず、式神の鳥に念を送るのをやめた。

瞬間、オカメインコは宙で式札に戻る。

「ちくしょう、逃げられた……」

小さな白い鳥が飛び去るのを悔しげに眺めながら、灯里はひらひらと落ちてきた自分の式札を拾った。そうして土埃を払い落としながら、白い鳥が消えた方角をひと睨みする。

……あの式神の主は、自分よりも腕がいいらしい。

悔しかった。

同時に、自分に腹が立った。

自分にもっと式神を上手く操る実力があれば、今頃あの式神を捕まえていたかもしれないのだから。

「……次こそ、正体を摑《つか》んでやる」

もっと頑張って、実力をつけて……次こそは。

自分を監視していたのなら、きっと、相手はまた来るに違いない。だから、灯里は決意した。再びやって来たその時には必ず捕まえてやる、と。

折しも、明日からは上級生との練習が始まる。

今し方の灯里にとっての敗北が、それをいっそう楽しみにさせたのだった。

体育祭の競技について

［借り物当て競走］

借り物競走と思いきや、紙に書いてある物を当てて借りてくる競走。占術や遠見の術などを駆使して行われる。しかし、当てずっぽうでまったく違うものを借りてくる生徒が毎年現れる。

［失せ物《うせもの》探し競走］

校内に隠された物を見つける速さを競う競走。かなりの時間がかかるため、体育祭の開始直後に行われるが、結果発表はだいたい閉幕と同時になる。かなり大変なわりに、とても地味。

［障害術回避競走］

グラウンドである大白砂広場を走る競技。一見ただの徒競走に見えるが、実はコース上には走者の行く手を阻む様々な呪がかけられている。そのため呪を見破る目と、避ける反射速度が、走る速さ以上に重要。

［呪物浄化リレー］

重度の呪物の穢れをいかに早く祓えるか、十人一チームのリレー形式で競う競技。三十秒ごとに術者を交代し、三分後の浄化度合で評価される。最下位のチームは他のチームの呪物も含めすべて浄化して片付ける係になってしまうため、とても不人気な競技。

［先生倒し］

棒倒しならぬ、教師倒し。

くじ引きで決まった一人の先生をチーム一丸となって倒す時間を競う。

倒すとは言っても膝をつかせる程度だが、結界術や護身術が得意な先生に当たったチームはほぼ確実に泣くことになる。逆に占術担当の先生は、生徒たちにとっては大当たり。

第二章　上級生との出会い

翌日から、学園の午後の授業は一時間繰り上がった。

そしてその時間は、体育祭に向けての準備に宛てられた。

具体的には、各寮の三学年が合同の上、種目ごとのチームに分かれて競技の練習をすることになったのだ。

体育祭では、種目ごとに三学年でひとつのチームを作る。

式神レースであれば、各学年から二名ずつの計六名で一チームとなる。そして、各寮と競い合うのである。そしてどの競技でも個人の順位はつくが、基本はチームでの順位を競う団体戦だ。

さて、灯里と涼介は、一年生の教室棟から寮の前庭に向かっていた。

灯里たちが在籍する赤帝寮の式神レースチームは、本日のこの時間、寮の前庭に集合することになっているからだ。

「大丈夫かな……」

灯里は緊張しながら、隣を歩く涼介に言った。

昨晩はわくわくしたまま式札を量産していた灯里だったが、直前となる現在、緊張が勝っていた。

灯里は、これまで上級生たちと接触をしたことがほとんどない。

入学時、学園行きの列車に二年生もいたが、車両が学年で分かれていたし、百鬼夜行の一件で話すどころではなかった。入学式も教師陣だけで執り行われ、それ以降も教室棟が別々だったりと、上級生とは顔を合わせたり会話を交わす機会は皆無だったのだ。

他学年に接触しないように、学園側から意図的に隔離されていたような気すらする。

初めての上級生とのきちんとした対面、緊張しないわけがない。

灯里はそう身構えていたのだが、涼介は違うようだった。

「大丈夫だよ。うちの先輩たちで、ヤバい人には会ったことがないし、ヤバそうな話だって聞いたことないから」

「涼介は先輩たちと面識あるんだっけ？」

「生徒会でね。学級委員長として、ミーティングに参加してるから」

涼介は放課後、夕食の時間になるまで、灯里とは行動を別にしている。

適性試験までは集書院などで自習をしていることが多いようだったが、自分の勉強だけでなく、生徒会の活動にも参加していた。

「涼介のこと、尊敬する……」

「なんだよ急に？」

「いろいろ頑張ってるし、いろいろ知ってて、すごい。えらい」

「そ、そんなに褒めても僕が嬉《うれ》しいだけだよ……？」

涼介は困惑したように返したが、照れたらしくその頬を赤くしていた。

だが、陰陽師の世界について何も知らなかった灯里からすると、博識かつ努力家の涼介は先輩のようなものだった。本気で尊敬しているのだ。

「僕なんか、先輩たちに比べたらまだまだだって」

「涼介がそんな風に言うんだ……先輩たちの存在、俺には異次元すぎて……ちょっと怖い……」

「灯里が特訓してもらってる雪影先生のほうが異次元なんだけど？」

「……あ、それもそっか」

雪影を比較対象に出された瞬間、灯里はふっと肩の力が抜けた。

その変化を察して、涼介が苦笑する。

「まあ、大丈夫だよ。灯里なら――っと、あれ？」

涼介が眼鏡の奥の目を細めた。

道の先、見えてきた寮の前庭に、すでに人がいる。

「もう先輩たち集まってる。急ごう」

涼介に促され、灯里も歩みを早めた。

前庭にいたのは、三人。

陰陽師学園の制服は、学年ごとに少し異なっている。灯里はこの時に初めて知ったのだが、具体的には、裾を縁取るように入ったラインの色が違っていた。

灯里たち一年生は、赤。

上級生は、青が女子ひとり、緑が男女のふたりだ。どちらの色がどちらの学年かは、灯里には分からない。

「あ。君たち、式神レースに出る一年生？」

先輩たちの前で立ち止まったふたりに、緑ラインの制服を着た女子が話しかけてきた。快活な印象の大人っぽい女子だ。

涼介が自然な流れで自己紹介と謝罪をする。

「一年の早瀬涼介です。遅れてすみません」

「まだ集合時間前だし、遅れてないよ」

「ああ。うちのエースも来てないから、気にしなくていい」

緑ライン制服の女子に続いて、同じ制服の大柄な男子が続けた。

彼は、その体格もあってか、周囲に圧がかかるような迫力を有していた。しかし顔には温厚な性格が出ているようだ。彼は、涼介と灯里の顔を交互に見ながら、うんうん、と頷く。

エース、という言葉に、灯里はまだ来ていない先輩が三年生だと思った。

三年生のほうが力量が高いはずだからだ。だから、この緑のラインが入った制服を着ている先輩たちは二年生なのだろう、と。

「早瀬涼介くん……と、そっちは」

「あっ、俺は――」

大柄な男子に尋ねられて、灯里が慌てて自己紹介しようとした時だった。

ひゅん、と目の前を何かが横切った。

あまりの速さに、一瞬、認識ができなかった。

だが、似た動きを見慣れていた灯里は、とっさに〝それ〟を目で追っていた。

小さな黒い鳥だった。

あまりに速く飛ぶので、目で捉えるのがやっとだ。

「あ。来ましたね」

青ラインの制服を着た女子が、どこか呆れた様子で呟いた。

彼女の視線の先は、灯里たちの背後だ。

素早い動きの鳥を目で追っていた灯里も、自身の背後に視線を向ける。鳥が向かった先だったからだ。

ひとりの男子が、こちらに向かってきていた。

ゆったりとした歩調で、まるで急ぐ様子はない。青ラインの制服を着た身体は、小柄ではないが、ほっそりとしている。そのせいか、近づいてくる足取りも空気でも踏むように軽く見えた。

「皆さんどうも。お疲れ様です～」

前庭の面々と合流した男子は、にっこりと微笑んだ。

その微笑みの横に持ち上げた指先に、するりと滑り込むようにして一羽の鳥が留まる。

どうやら彼が、高速で灯里の前を通り過ぎていったあの鳥を使役していた者らしい。

黒い鳥は、灯里の式神の鳥——オカメインコに似た形をしていた。

だが、頭に冠のような羽根はなく、大きさも二回りは小さい。

そして黒一色に見えていたが、実際には翼と尾羽は光沢のある青色をしていた。それとは対照的に、腹は白く、嘴の周囲だけが赤い。

「……ツバメ？」

灯里は、思わず呟いた。

するとやって来た男子が、パッと顔を明るくして灯里に話しかけてきた。

「そうそう、ツバメ。これ、俺の式神なんだ。速いでしょ」

「えっ？　あっ、はい、めちゃくちゃ速いです」

「伊吹《いぶき》。一年生に絡む前に、やることをやろう」

緑ラインの制服を着た大柄な先輩に窘《たしな》めるように言われて、ツバメ使いの先輩は小首を傾げた。

「あれ？　もしかして、俺が最後ですかね？」

「ああ、そうだ。お前で最後……これで全員揃ったな」

大柄な先輩が、全員の顔を見渡して言った。

「まず、改めて自己紹介といこうか。まず俺から……三年の谷垣圭《たにがきけい》だ」

「同じく三年、鏑木銀子《かぶらぎぎんこ》。はい、次、二年生」

「金原美鈴《かねはらみすず》です………ちょっと、順番」

「あっ、俺か。伊吹蒼《あおい》です〜」

最後はツバメ使いの先輩だった。指から肩にツバメを載せ直して、ニコニコしている。

そこで灯里は、自分がひとつ勘違いしていたことに気づいた。

緑ラインの制服は、三年生。

青ラインの制服が、二年生だ。

てっきり逆だと思っていた。まさか二年生が三年生を抑えてエースのポジションだとは考えなかったのだ。

「一年の早瀬涼介です」

「お、同じく一年の、遠山灯里です。よろしくお願いしま――」

「あーっ！　君かぁ！」

灯里が言い終わる前に、そう声を上げたのは伊吹だった。

びっくりした灯里は、目をぱちくりさせて固まる。

「えっと……？」

「雪影先生の秘蔵っ子――隠し玉？　いや、弟子かな？　放課後いつも頑張ってる子だよね〜。そっか、君が式神レースに――」

「伊吹……」

低い声で伊吹の口を止めたのは、谷垣だった。

話を進めたいのに、伊吹が別の方向に話題を飛ばしてしまうからだろう。困った顔をしている。

「あ。すみません、谷垣先輩。説明ですよね、どうぞ〜」

軽薄と取られるスレスレの笑顔で、伊吹は発言権を谷垣に譲った。

伊吹が喋る間、灯里は呆気に取られて黙ったままだったのだが、どうやらそれで正解だったらしい。

ゴホン、とひとつ咳払いをして、谷垣は話し始めた。

「今回の体育祭の式神レース、赤帝チームはこの六人だ。チームリーダーは、僭越ながら俺が務めさせてもらう。俺と鏑木、それから伊吹は去年も出てるんだが……ふたりとも、まとめ役に向かないのでな」

鏑木と伊吹が、揃って深々と頷いた。

谷垣からの評価に、本人たちも同意しているらしい。

「というわけで、基本的には俺が代表として進行する。金原さんと一年生ふたりは初めてなので、まずはメンバーの顔を覚えて欲しい」

はーい、と伊吹が応じる。

何だか締まらない……と言った顔で、谷垣が続ける。

「体育祭当日までの半月、ここを集合場所にするので、練習時間になったらまずはここに集まってくれ。今日は、式神レースのルールやコースを初めて参加する三人に覚えてもらおうと思う……伊吹」

くあ、と欠伸をしかけていた伊吹が、そのまま固まった。

当てられると思っていなかったらしい。

「あ、ふぁい？」

「欠伸《あくび》を止めてから喋らんか……遠山くんはお前が教えてやってくれ」

谷垣に頼まれて、伊吹は目をぱちくりさせた。

彼は灯里を見て、それから確認するように再び谷垣を見る。

「え、俺ですか？　本気ですか？」

「不満か？」

「いやぁ～……教えるの、あんまり得意じゃないんですよね」

谷垣の言葉に伊吹がへらっと笑う。

それを見て、谷垣は顔色を変えることなく言った。

「なら、なおさらやっておけ。お前、次期寮監候補なんだろう？」

「みんなが言ってるだけですもん。俺は別に、手を挙げたりしてないし」

「じゃあ、多数決でほぼ決まってるってことだな」

「そうなんですかね〜。俺、まだ別の人になるの諦めてないんですけど」

「というわけで、遠山くんを頼む。俺が金原さんを、鏑木は早瀬くんを頼む」

「はーい。早瀬くんは、私とね」

「はい、よろしくお願いします」

谷垣の隣で話を聞いていた鏑木が手招きすると、涼介は頭を下げて彼女の近くに行った。金原も谷垣の隣につく。灯里は伊吹の隣に行っていいものか分からず、その場でおろおろする。

と、伊吹が灯里の顔をじっと見つめてきた。

それから彼は、全員の顔を同じように順に見てゆく。

「谷垣さんが、金原さん……鏑木さんが、早瀬くん……で、俺が……」

ふむふむ、と何やら伊吹が呟く。

それから彼は「うん」と納得したようにひとつ頷いた。

「……確かにそれがよさそう、というかベストですね。谷垣さんはよく考えて俺に頼んだわけだ」

「俺はいつもよく考えているぞ」

「さすがですリーダー。じゃあ、遠山くんは俺が教えます」

谷垣に肩を竦《すく》めてみせてから、伊吹が灯里に向き直った。

「てことで、よろしくね一年生の遠山──ええと、灯里くんのがいいな。うん。そういう顔をしている」

「よ、よろしくお願いします！」

「あはは。別に緊張することないから、肩の力抜いてこ。俺も緩くいくからさ」

「教えるところはしっかりな」

へらへらと笑っていた伊吹に、谷垣が釘を刺した。

それから谷垣は全員に向けて告げる。

「赤帝寮チームは、今年勝てば三年連続の優勝チームになる。ぜひその結果を引き寄せよう。それじゃみんな。改めて、よろしく」

「はーい」「はい」「は～い」「はいっ」「はい！」

応じる声がパラパラと重なる。

こうして体育祭に向けて、赤帝寮チームによる式神レースの練習が始まったのだった。

「じゃあ、とりあえず君の式神も出してみせてくれる？」

それぞれの組み合わせで解散したあと、伊吹は灯里にそう言った。

彼の肩には、すでに先ほど出していた式神のツバメが留まっている。つぶらな黒い瞳が、灯里の顔をじっと見つめてくる。伊吹とどこか似ていた。

灯里は「はいっ」と答えながら、急いで式札を取り出す。

「慌てない、慌てない」

「は、はい――我が翼と成れ。急急如律令！」

式札をピッと宙に投げる。

しゅるん、と巻き込むように札が裏返り、オカメインコの姿になった。

そのまま周囲を旋回して、灯里が翳《かざ》した指に留まる。

「おー。なるほど、面白いね」

「そ、そうですか？」

「なかなかの機動力。術者の命に素直に従う忠誠心。いい式神――というか、君がいい術者なのかな」

「あっ。ありがとうございます……！」

「それに、君の式神、色は違うけど雪影先生と同じ種類の鳥なんだね」

伊吹が灯里の式神を見て、興味深そうに目を輝かせた。

「はい、そうみたいです」

「さっきは話そうとしたら谷垣さんに止められちゃったけど、灯里くんは雪影先生が目をかけてるって話だったし、君の式神が飛んでるところも何度か見たことあってさ。だから、ぜひ式神レースに出てくれたらなって思ってたんだよね」

「そ、それはなんというか……光栄です」

「でも、なるほどね。あいつが目を付けそうだなぁ……」

何かに納得したように、伊吹が頷く。遠くを見るような目をしている。

その様子に、灯里は首を傾げた。

「あの……あいつって？」

「ああ、うん、こっちの話……って言っても、そのうち嫌でも分かると思うけど」

「嫌でも、ですか？」

「あー……捉えようによっては、いいことかもしれない」

苦笑する伊吹に、灯里は怪訝《けげん》な顔になる。

自分の知らない何かが裏で起きているなら、あまりいい気はしない。

だが、聞いたところで、この先輩にははぐらかされそうだと灯里は思った。まだ会って数分だが、のらりくらりと躱《かわ》す伊吹の姿には、暖簾《のれん》に腕押しという言葉がピッタリだと感じる。

「オカメインコ、だっけ」

「ですね」

「ほっぺも赤いけど、目も少し赤いんだ？」

「こいつはそうみたいですけど、そうじゃない場合もあるみたいです」

雪影の式神を思い出しながら、灯里は答えた。

雪影の式神は、羽根が真っ白で、目の色も灯里のそれとは違う。静かな夜のような黒色をしていた。

「そっか～個性なんだね。雪影先生のとこの子とか、ほっぺの赤もないもんね。灯里くんのとは、別の鳥にすら見えるというか」

「ですね……あの、先輩の式神はツバメですよね？」

「そだね」

「色違いって、いるんですか？」

「オカメインコみたいに色や柄が違うのは、基本的にはいないんじゃないかな。って言っても、俺、適当だから、ちゃんと調べたことないんだけど。ごめんね」

「い、いえ」

「でも、ツバメは日本だけでも八種類くらいいるらしい」

「えっ？　そんなに？」

「同じに見えるよね～。俺も、自分のとその他の違いしか分からなかったよ」

けらけら、と伊吹は笑った。

そんな主の肩で、ツバメは静かに周囲に目を配っている。

（どっちが本当なんだろう……どっちも……？）

灯里には、この伊吹という先輩の性格が読めなかった。

緩み切った伊吹の姿と、油断のない式神の姿が、まだ重ならない。

「ここが、スタート地点ね」

伊吹が最初に足を止めたのは、学園の真東にある白砂の広場だ。

学園内でいくつかある広場のうち、ここがもっとも広い。普通の学校にあるグラウンドと同程度の大きさで、体育祭でもメイン会場に指定されている。

「ほとんどの競技はここで行われる、あるいはこの広場からスタートするよ。で、式神レースは、あそこの木の前から」

校舎と広場の間に立つ大木を指差しながら、伊吹が近づいてゆく。

銀杏の木だ。だが、湛えた葉の形は、完全な扇状ではない。どこか鳥の翼のように見える。

「この木はちょっと変わっててね。学園ができる前からあったらしいんだけど、風水的にいいらしくて、そのまま残したんだってさ」

「へえ……」

「で、この木が作る影がスタートラインになり、ゴールラインにもなるんだ」

伊吹が、木の影に入って言った。

影は、秋分を越えたこの季節、夏至の頃よりも長く伸びている。

時間帯によって影の位置は変わるし、一本のまっすぐな線ではないのだが、確かにスタートやゴールの目印として利用することはできそうだった。

「影の中で式神を待機させて、開始と同時に飛び出す。で、途中に設置された目標物を取得しつつ、戻ってくる速度を競う……ここまでは大丈夫そう？」

「はい。たぶん」

「じゃ、ここから実際にコースを見て行こっか」

影の中から、ぴょん、と伊吹は飛び出した。

そのまま軽やかに歩いていく彼のあとを灯里も追いかける。

「学園を囲む塀は二重になっているけど、内塀と外塀の間の外苑部分が基本コースだよ」

風に舞い上がる木の葉のように軽い足取りの伊吹に先導されて、灯里は学園の北門から内塀を出た。

そこはもう、ほぼ森だ。

二重の塀の間は、都会の大通りよりも幅がある。だが、自然と融和するように存在する二重の塀の間は、外側の森と同じ姿をしていた。

内塀は、学園の内と外とを物理的に区切る役目を果たす。

内塀の外──外塀までの空間である外苑部が森の一部と化しているのは、外塀の役割が〝物理的な外部との区切り〟ではないからだ。

「外塀って、確か結界が張ってあるんですよね？」

「そうそう」

灯里の問いに、伊吹が頷く。

外塀は内塀と同程度の高さだが、人の背丈は優に上回っている。

だが、空を飛べるならば、簡単に越えられてしまう高さだ。

そして外塀は、物理的な区切り以上に、結界の役割を持っていた。

門からドーム状に拡がり学園を覆うその透明な結界は、外から学園を隠し、呪術を無効化する。

つまり、この結界に式神が触れれば、姿を保つことができなくなるのだ。

とはいえ、式神の鳥は、外部からの郵送物を運んでくることもある。

この結界はそのような式神すら阻むので、郵送配達専用の通用口が設けられていた。

そこが、怪しげな呪物が持ち込まれたりしていないかを確かめるための検問所の役目も果たしている。かつて灯里に手紙を運んできた涼介の式神は、その通用口を通り抜けてきたのだ。

「式神の鳥が門を越えちゃうことって、ありますよね？」

「そうだね。飛べるわけだし」

「それって大丈夫なんですか？　つまり、レース中に結界に触れても」

「その場合は、脱落になるね。レースで使える式札は一枚きりだから」

ひら、と降ってきた銀杏の葉を手のひらで受け止め、伊吹は答えた。

その様に、器用だな、と灯里は感心する。

風は強くないが、ゆらゆらと左右に揺れる不規則な軌道で落ちてくる落ち葉だ。それを伊吹は、まるで手のひらに吸い寄せるように難なく受け止めた。

試しに灯里も手のひらを出してみるが、すり抜けるようにして地面に落ちてしまう。

「門を飛び越えないように飛ぶのが、まず必要な技術のひとつかな？　まあ、飛べない子も参加するのがこのレースの面白いところなんだけど」

「えっ、飛べなくても参加できるんですか？」

「もちろんできるよ。参加条件は『式神の鳥であること』だけ。『飛べること』とは定められてないからね。あとは、チームが納得すればいいんじゃないかな」

「あー……じゃあ、ほぼいないってことですかね」

飛べない鳥をレースに出す。それでは負けが確定だ。

そんな風に思った灯里に、伊吹は意味深長な笑みを浮かべた。

「そうとも限らないけどね」

「え？　だって、どこのチームも勝ちを狙ってるんですよね？」

「だと思うよ。去年も本気でやり合ってたし……ま、そこはレース本番を楽しみにしてなよ」

灯里の反応が楽しみだとでもいうように、伊吹はニコニコしながら言った。

ふたりは、学園の門に沿うようにして、反時計回りに歩いていく。

北部は、灯里が普段、雪影と特訓する裏山を右手に仰ぎ見て進む、比較的見晴らしのいいコースだ。障害物は地面にも空中にもほとんどない。

対して、西部に入ると、背の高い杉などの木々が立ち並ぶ見通しの悪い林になる。地面も草が伸び放題で、手入れ不足のように見えるが、これは式神の鳥の使役練習場も兼ねているからだ。灯里が雪影との特訓で、飛ばした式神の鳥をボロボロにしてしまうのも、この林である。

その林を抜けた先は、学園の正面に当たる南部。学園と外とを結ぶ線路に沿うように、ゆったりと流れる川があった。学園の正門付近では浮島が点在し、二重の塀に挟まれた場所も景勝地のように美しい水場となっている。

そして、東部に入ると、再び林が現れる。西部と異なるのは、木の植生だ。主に杉が生える西部とは異なり、こちらは枝葉の広がった広葉樹が生えている。まだ落葉していない現在、見通しは西部よりもさらに悪い。

「――で、東門から内塀の中に入って、最後は、大銀杏の木が作る影に入って、ゴールね。コース自体は簡単だし、覚えられたよね？」

「はい。大丈夫そうです」

「よし。じゃあ、ルールは……おいおいでいいか。俺、説明、疲れちゃったな～」

「え？　あ、すみません……」

「あ、別に灯里くんと話してるのは楽しいんだけどね。俺、説明とか苦手でさ」

「あー……」

先ほど、集合場所で伊吹が谷垣にそう言っていたのを思い出す。

伊吹から嫌な感じはしないので、恐らく今のは本音なのだろう。灯里に対する当て擦りなどではないようだ。

「灯里くんも疲れたんじゃない？　歩きながら、話だけ聞いてるの」

「いえ、俺はそうでもないですよ！　全然、大丈夫です！」

「そう？　そっかぁ、若いなぁ……んー。じゃあ、どうしよっかなー……」

一学年しか違わないのに、と思った灯里の傍ら、伊吹は宙を眺めながら何やら考え事をし始めた。

ややあって、その考えがまとまったらしい。

「……灯里くんの子、速い？」

灯里を見て、伊吹はそう尋ねてきた。

突然の質問に、灯里は一瞬きょとんとしてしまった。

「え、俺の……式神の鳥、ですか？」

「うん」

「どう、なんでしょう……？」

灯里は、曖昧に答えることしかできなかった。

涼介から『速い』と評されることはある。

だが、それは比較的、飛行速度の遅い式神の鳥を使役する涼介からの評価だ。伊吹の基準で見た時に、自分のそれが速いと言えるかどうかは分からない。

「オカメインコ、『オーストラリア最速の鳥』とか聞いたことあるよ」

「あー、それなんですけど……自分の式神なんで調べたことあるんですが、そうでもないらしいですよ」

「え、そうなんだ？」

「なんならセキセイインコとかのほうが速いかもしれないらしいです」

セキセイインコは、オカメインコと同じオーストラリアが原産の鳥だ。

クラスメイトの式神の鳥にもいるが、その体長は灯里のものと比較するとかなり小さい。涼介の式神のコザクラインコと比べても、さらに一回りほどコンパクトな鳥だ。

そのセキセイインコにすら追い抜かれているオカメインコの姿が、現地では目撃されていたりするらしい。

「そうなんだ。セキセイより飛べそうな身体つきなのに」

「オカメは、結構おっとりした性格らしいんですよね。だからかもしれません」

「でも、灯里くんの式神は速いよね？」

「えっと……分かるんですか？」

「ハヤブサみたいな顔してるから」

「え？」

「君の式神、ナリはオカメインコだけど、顔つきはハヤブサだよ」

「ハヤブサって、確か鳥類で最速って言われてますけど」

「らしいね。えーと……つまり、君の式神の鳥は、そんなにおっとりもしてないし、飛ぶ気だってこと。そういう子は速いよ。俺の経験的にね」

「そう、ですかね……？」

灯里は手元の式神の鳥を見た。

言われて見れば、目がキリッとしている――気がする。

だが、雪影の式神も似たような顔だった気もするし、なんなら涼介の式神のコザクラインコのほうがキリッとしているし、胸まで張っている。

「飛ばしてみない？」

突然の伊吹の提案に、灯里は一瞬、その意図が分からなかった。

だが、伊吹の視線で理解する。彼の視線の先は、灯里の肩。その上には、式神の鳥がいる。

「えっ。飛ばすって、俺の式神ですか？」

「うん。君のと、俺のと。今のコースをさ……だめ？」

「い、いえ、だめってことはないですけど」

「よし、じゃあ決まりだ」

伊吹は、自分の肩の上にいた式神の鳥を指に載せ直す。

それから、わたわた、と同じようにする灯里のほうを見て口角を上げた。

「ね。本気、出していい？」

「えっ？　ど、どうぞ？」

「よし、じゃあそうする。スタートは……あの葉っぱが地面に落ちた瞬間にしよう」

伊吹が頭上を指差した。

見れば、大銀杏の葉が、枝から取れかけている。

「式神の鳥で切り落とせばいいんだけど今はそれができないし、霊符《れいふ》ももったいないから……うん、これでいっか。灯里くん、いつでも行けるように準備しててね」

「あっ、はい！」

灯里の返事を聞くや否や、何やらひとりで納得した伊吹は、式神の鳥を再び肩に留まらせたあと、刀印《とういん》を結んだ指先を落ちかけの銀杏の葉に向ける。

そうして、もう片方の同じように印を結んだ指を口元に当てて呟いた。

「あんたりをん、そくめつそく、ぴらりやぴらり、そくめつめい、ざんざんきめい、ざんきせい、ざんだりひをん、しかんしきじん、あたらうん、をんぜそ、ざんざんびらり、あうん、ぜつめい、そくぜつ、うん、ざんざんだり、ざんだりはん」

パン、と一拍、伊吹が手を叩いた瞬間だった
衝撃を受けたように、大銀杏の葉が一枚、吹き飛んだ。

それを見て、伊吹が「あ、やっぱ強すぎたか……」と頭を掻いた。しかし、吹き飛んだ大銀杏の葉は、そのまま重力に従い、ひらひらと落下していく――。

「――行け」

銀杏の葉が地面についたと同時、伊吹が低い声で囁いた。

灯里も一瞬遅れで式神の鳥に「行けっ！」と命じる。それに応じるように、灯里の指から式神の鳥が飛び立つ。

しかし、その時には、伊吹の式神の鳥はもう北門の中へと消えている。

残像が微かに見えただけで、飛行する姿を目で追うことはできなかった。

「は、速いですね、伊吹先輩の………先輩？」

話しかけたが、応答がない。

不思議に思って灯里が見れば、伊吹は目を閉じていた。右手は印を結んでいるが、灯里が授業で習ったどの印でもない。

「……風天《オン・バヤベイ・ソワカ》よ　我に力を与えよ」

真言《しんごん》系の呪文を伊吹が呟くように唱えた。

それに呼応するように、ふわ、と彼の前髪が浮かび上がるように揺れる。

「あの、先輩、今のは——」

灯里は途中で話しかけるのを止めた。

伊吹の耳には届いていないようだったからだ。

集中している。それが分かる。

同時に灯里は、伊吹から圧のようなものが発されているのを感じた。空気が膨張するような気配が、伊吹の身体を取り巻いている。

今のは一体何の呪文だったのだろう……そう疑問に思いながら、灯里は式神の鳥に念を送りつつ、その帰還を待った。

学園の外苑を一周するコースは、距離だけならば五キロもない。

しかし自然が形成する木の枝などの障害物のことを考えれば、戻ってくるまでに——自分の式神の鳥が出せる速度からすると、五分以上はかかるはずだ。

そう思っていた灯里は、すぐに考えを改めることになった。

「え……？」

灯里は、呆気にとられた。

想定の半分以下の時間で、伊吹の式神の鳥が東門から現れたからだ。

そしてそのまま、弾丸のように飛び——大銀杏の影を突っ切った。

「わ……」

一拍遅れて追従してきた風が顔面に当たってから、ようやく灯里は自分の傍らを伊吹の式神の鳥が通り抜けていったことに気づいた。

旋回しながら速度を落として……ツバメは、伊吹が差し出していた指先に舞い降りた。

伊吹の式神の鳥は、桁違いの速さだった。

チームの集合場所に現れた時もその飛行する様子は見たはずだが、あれとは比べようもない――。

「――やばっ」

まずい、と灯里は気を引き締め直した。

自分の式神へと送っていた念。それが途切れそうになったのだ。

何とか霧散しそうになる念を一本の糸の形に引き戻す。集中し直す。

(大丈夫、まだ鳥の形だ……)

何とか式札に戻ってしまうことは避けられたようだ。念で式神と繫《つな》がっている灯里には、それが分かる。

だが、分かるのはそれだけだ。

今どのあたりを飛んでいるのだろう？

身体は無事だろうか？　ボロボロになっていやしないだろうか？

灯里の集中がブレてしまったことで、飛び方にも影響が出ているはずだ。だが、どの程度の影響だっただろう？

それが、灯里には分からない。

もどかしい……そう思いながら、帰還を待つ。

そうして、十分ほどが経過した頃だった。

東門にその姿が見えた時、灯里は思わず声を上げた。

「あっ！」

帰ってきた。

一生懸命に羽ばたいて、大銀杏の影を目指す。

ゴールすると、そのまま灯里の胸元に滑り込むように落下してきた。

その姿を見て、灯里は思わず顔を顰めた。

いつもよりボロボロだ。

式神なので血は出ていないが、羽根がところどころ抜け落ちていて痛々しい。式札に戻らなかったのが奇跡のような状態だった。

「……ごめんな」

労うようにひとつ撫でて、灯里は式神の鳥を式札に戻した。

式札もボロボロだった。四方が破れかけて、風雨にでも曝《さら》されたかのような劣化具合になっている。

「おお、すごいな」

伊吹が灯里の手元を覗《のぞ》き込んで言った。

先ほど彼が発していた圧は、もう消えている。式神の鳥を飛ばす前の、ゆるりとした状態に戻っていた。

「……ひどい、ですよね。俺……こんな状態にしてしまって……」

かわいそうなことをした、と灯里は手元を見て落ち込む。

今までで一番ひどい状態だ。

式神は生物ではない。命は宿っていない。そう分かってはいても、その姿がかわいらしい鳥だからだろうか。心が痛む。

「いや。そうじゃなくてさ」

沈んだ灯里の耳に、伊吹の明るい声が聞こえた。

顔を見れば、伊吹は微笑んでいた。

灯里を慰めようとしているわけではないようだ……というか、どことなく嬉しそうに見える。

理由が分からず、灯里は首を傾げた。

「えっと……この惨状のことではなく？」

「うん。式札の状態は想定内というか、灯里くん、まだ一年生だし。そんなもんでしょ」

「じゃあ、すごいっていうのは？」

「よく鳥の姿のまま飛んで帰ってこられたね、って。しかも、そのボロボロの状態で、このタイム。優秀だよ」

「そう……なんでしょうか？」

きょとんとする灯里に、伊吹が日を瞬いた。

それから彼は少し考えるような素振りを見せたあと、言葉を選ぶようにして灯里に説明し始めた。

「えーと……まず、俺の式神が戻って来た時に、集中、解けかけてたよね？」

「はい。やばかったです」

「あそこで持ち直したの、えらかったよ。正直、持ち直すと思わなかった」

灯里は思い出す。

確かにあの時、式札に戻ってしまいそうになって酷《ひど》く焦った。式神の鳥をボロボロにしてしまった大きな原因だろう。

「次に、このコースね。一周するのに、だいたい平均八分くらいかかるのね。ちなみに、二年生の話」

「…………あれ？　それって、もしかして？」

「君の子、速いほうなんだよ」

「そう……なんですか……」

「で、最後に、その状態。式札の状態を見れば分かるけど、まともに飛べる状態じゃなかったみたいだ。でも、最後まで飛び切ったよね」

「はい」

「負けず嫌いなんだね」

式神の鳥のことか、それを使役している灯里のことか。

伊吹は、ニッコリして言った。

「だからさ。俺の想定以上だったんだ。それで、『すごい』って言ったんだよね」

「なるほど……」

「自信、持っていいよ。俺、基本的に本気で思わないと褒めないから」

「……分かりました」

雪影と少し似ている、と思いながら灯里は頷いた。

それに、実力も……恐らく、二年生の中でも桁違いに違いない。だからこそ三年生の谷垣が〝エース〟と呼んでいたのだろう。

「伊吹先輩こそ、すごいです」

「俺？」

「はい。式神の鳥、あんなに速く飛ばせるものなんですね」

速すぎた飛行だが、思い返せば灯里の目にもその光景は映っていた。

空気に何の抵抗も感じていないような、放たれた矢に似た高速の飛行。

ブレーキをかけずにコーナリングするような、身体の小ささを活かした無駄のない旋回。コースのほうが合わせてくるような滑らかな飛行軌道——灯里の見たことのない飛び方だった。

「雪影先生の式神が本気で飛んでるところ、見たことないの？」

「え？　飛んでるのは見たことありますけど……」

本気でかと言われると、きっと違う、と灯里は思った。

雪影の式神の鳥は、確かに速く飛ぶ。しかし、いつも余裕のある飛行しかしていない。

これまでを振り返ってみても、一度も全力で飛んでいるところなどなかったはずだ。

「雪影先生のほうが、俺なんかより全然すごいんだよ」

「そうなんですか？」

「倍のタイムで負けちゃったことあるからなぁ」

「えっ……先輩が？」

「うん。去年だけど……今はどうだろう。少しは競り合えるといいんだけど」

伊吹の言葉に、灯里は呆然《ぼうぜん》とした。

毎日のように特訓をつけてもらっていて失念していたが、雪影は圧倒的な実力の陰陽師なのだ。いつか追いつきたい、追い越したいと思っているが、現状、もっとも得意な式神の使役ですらひとつ上の先輩に敵《かな》わない――。

「――俺も、先輩と競り合えるようになりますか？」

灯里は、伊吹をまっすぐに見て尋ねた。

雪影は遠い。遠すぎる。

だから、もっと近い目標が欲しい。

それが伊吹だ、と灯里は思った。この先輩を追う。追って、並んで、追い抜く。

それすらできなければ、雪影に至ることなど無理なのだから。

「その目、いいね」

伊吹がニッコリして言った。

灯里は「え？」と慌てた。まさか睨んだりしていただろうか？

「せ、先輩、あの――」

「やる気に燃えてる」

「え？」

「灯里くんの目だよ。そういう後輩と同じチームで飛べるなんて、俺はついてるな〜」

にへらっと笑って、伊吹は言った。

とても楽しそうなその表情に、虚を突かれた灯里も思わず頬が緩む。

同時に思った……この先輩、面白い、と。

「で。俺と競り合えるかどうかって質問だけど、今は無理」

「ああ、ですよね……」

「でも、これから次第かな」

式神の鳥を肩に留まらせて、伊吹はそう言った。

彼の式神の鳥は、灯里のそれとは状態がまるで違う。傷ひとつない。

「君に必要な技術を身につければ、もっと上手く飛ばしてあげられると思う。そうしたら、俺と競り合えるかもね」

ぽん、と灯里の肩を軽く叩いて、伊吹は口の端を上げる。

圧倒的な余裕を見せつけるでもなく、どこか楽しそうな表情だ。

それを見た灯里は、やっぱりこの先輩だ、と思った。今の自分が追うべき目標だ、と。

「さて。そろそろ結構な時間だし、今日はここまでかな。寮に戻ろうか」

「はい」

伊吹に促されて、灯里は一緒に寮へと戻る。

と、先ほど集合していた寮の前庭に、他の四人も揃っていた。ちょうど各々の練習から戻ってきたところらしい。

そうして谷垣の「解散」という言葉で、本日の赤帝寮・式神レースチームの練習は終わった。

「灯里くん。また明日、頑張ろうね」

寮の中に帰っていく先輩たちの中から、伊吹が振り返って灯里に声をかけてきた。

「はい。よろしくお願いします！」

灯里の威勢のいいその返事に満足したように、伊吹は手を振りながら寮の中に消えていった。

「……優しそうな先輩でいいね」

どんよりした声が隣で聞こえて、びくっ、と灯里は肩を跳ねさせた。

見れば、涼介が恨めしそうな顔で灯里を見ていた。

というか、涼介自身が飛び回った式神のようにボロボロだ。

「ど、どうしたの？」

「鏑木先輩、やばい。すごい追い込んでくるんだ。なぜか草地でほふく前進とか、木登りまでさせられた……」

「え、ええ？　それ、大丈夫なの？」

「……やってやる」

「え？」

「鏑木先輩に勝つ。これが僕の目標。負けるもんか」

涼介の目は死んでいなかった。むしろ生き生きと輝いている。

ああ、彼の式神の鳥とそっくりだ、と灯里は思った。この友人は、タフなのである。

「俺も、伊吹先輩に勝つのが目標」

「よし、灯里。一緒に二年生を食ってやろう」

「その前に晩ご飯、食べに行こうか」

「……の前に、お風呂かな」

自分の状態を見て、涼介がため息交じりに言った。

そのほうがいい、と灯里も思う。気づけば自分も汗を掻いていたらしく、少し肌がべたついていた。それだけ、伊吹との一戦は集中していたのだと思う。

……もっと速くなりたい。力をつけたい。

そう思いながら灯里は、涼介と共に、ひとまず寮の浴場を目指した。

式神レースについて

学園外苑のコースで式神の鳥を使役し、その順位を競う競技。

中継ポイントに設置された特殊な組み紐を取りつつ戻ってくる。

各人の順位を競う個人戦でもあるが、学年ごとに二名ずつの計六名チームで行う団体戦がメインとなる。団体戦は、個人の順位に割り振られた点数を合計することで競う。

順位により得られる点数は、以下のとおり。

一位	九点	四位	六点
二位	八点	五位	五点
三位	七点	脱落者	マイナス五点

四つのチームで行われるレースは、競い合う式神の鳥が計二十四羽。

この数の式神の鳥が同時に飛び交う機会はなかなかない。その壮観な光景を見ることができるため、観戦人気の高い花形種目だ。

参加者はスタート地点の観戦席前から式神を使役するが、その激戦の様子は各地から映像で中継される。


ほとんどの式神の鳥は飛行能力を有するが、中には飛べない種の参加も。

ペンギンの式神を使う生徒がいる場合は、謎の伝統に則り強制的に出場させられている。

第三章　接触

体育祭のチーム練習は、その後、毎日のように続いた。

灯里の所属する式神レース赤帝寮チームでは、主にそれぞれ組んだ相手との練習を行っている。近々、全員で飛ぶ練習に切り替えるそうだが、まだ個別の練習が必要なようだった。

二年生の金原は別として、新たにチーム入りした灯里と涼介は、それぞれ異なる課題を抱えている。まずこの課題をどうにかするのが先決で、ある程度の目途が立ったのちチーム全員で飛ぼうという話になっていた。

それに、体育祭に向けて練習しているのは、赤帝寮だけではない。

他の寮のチームも入り乱れるようにして、学園内では練習が行われているのだ。不慣れな者がレースさながらに飛び回れば接触の危険性が高まる。さらに他の競技を練習している者たちも大勢いるので、自由度の高い小単位での練習を優先するのは理にかなっていた。

その練習方針については、どの競技も、どこの寮も、似たようなものらしい。

各学年の――特に一年生と上級生の――間に力量の差があるので、まずは底上げをするところから……というのは学園側の指示のようだった。この体育祭も、学園側からすれば授業の一環なのである。

「事故を避けるよう指導するようにって、三年生に通達されてるらしいよ。鏑木先輩が教えてくれた」

練習後、相変わらずボロボロになった涼介が、灯里にそう教えてくれた。

近頃いつもこんな状態なので灯里は心配していたのだが、組んでいる先輩と涼介との関係はそこまで悪くもないらしい。「悪いのは先輩の練習方法だよ」と涼介は疲れた表情で呟いていた。雪影との特訓に突然、山登りをさせられた経験のある灯里である。友人が愚痴りたくなる気持ちはよく分かった。

そんな体育祭へ向けての練習が続く中、休日がやって来たのは、かれこれ練習開始から五日が経過した頃だった。

土日は、どこの寮も練習を休みにするらしい。通常の学業に影響を出さないように……という、これも学園側からの意向である。

ただ、個人的に練習するのは構わないようだった。

それで休日前の練習後、灯里は伊吹を誘ってみたのだが……。

「あ〜ごめんね灯里くん。俺、チーム練が休みの日は一日中寝るつもりなんだよね」

そんな風に断られてしまった。

まあ仕方ないか……と灯里は納得する。

伊吹は、最初の日以来、灯里を教えることに専念してくれていた。

自分の本来の実力を抑えながら、後輩の力に合わせての練習は疲れたことだろう。それは、あの鮮烈で自由な飛び方を初日に見たからこそ、灯里にも分かることだった。鎖を付けては鳥は飛べないし、荷物を負っては疲れるのも当たり前だ。

伊吹との練習は、灯里を毎日新鮮に奮起させてくれた。

だから、断られたのは残念だったのだが、灯里には自分の練習に先輩を巻き込んでいる自覚もある。

伊吹が羽を伸ばせる日があってよかった……灯里はそう思いつつ、他の練習相手を探すことにしたのだった。

「なるほど。それで僕に白羽の矢が立ったわけか」

翌日の早朝。とある白砂の広場でのこと。

準備運動に背伸びをしながら言ったのは、涼介だ。

「付き合ってくれてありがとう涼介」

「いや、こちらこそ」

「っていうか、鏑木先輩と練習しなくてよかったの？」

「今日は『君は一年生で、まだ身体ができてないんだから、私との練習は休み。私はひとりで練習するから』って先に言われてさ。頼めるような隙もなかったんだよね」

「ああ、そっか……」

同じように準備運動をしながら、灯里は苦笑した。

涼介の組んでいる鏑木は、マイペースなところがあるようだ。しかも伊吹とはまた違った方向の、である。涼介は初日から振り回されていたらしく、毎晩、灯里に愚痴を言っていた。

「とはいえ、鏑木先輩は尊敬できる人だよ」

涼介が零したので、腕を伸ばしていた灯里はそのまま首を傾げる。

「どういう意味？」

「今日の練習を断られたこともそうだけど、ちゃんと僕の体調を気にして練習に付き合ってくれてる。それに、僕に強《し》いているのと同じか、それ以上のことを自分でもやってるから」

「あー……なるほど」

灯里は答えながら、ちら、と涼介を見る。

たった数日だが、親友は何だか逞《たくま》しくなったようだった。

灯里が雪影との特訓を開始した直後のように、いろんな場所に小さな擦り傷や切り傷が増えている。地面や草木に当たったのだろう。

自分たちが行っているのは、式神の鳥を飛ばす練習であって本人が飛ぶわけではないはずなのだが、どうも涼介の練習は肉体を鍛えているようだった。

その灯里の予想は当たっていたらしい。

鏑木と涼介が行っていたのは、式神は生成せず、術者自身がレースに出るかのような身体を酷使する練習だったという。

具体的には、一日目に走り込み、二日目に木登り、三日目にほふく前進……というようなメニューを行っていたそうだ。

「相手は先輩だし、最初は黙って従ってたんだけど……僕、三日目に問い詰めたんだよ。この練習、意味あるんですかって」

涼介の発言に、屈伸していた灯里は思わず顔を上げた。

「あ、やっぱり訊いたんだ」

「訊くさ。方向性の間違った努力ほど虚しいものはないからね」

「で、納得できる答えだったんだ？」

「うん。鏑木先輩、僕自身の身体能力を向上させるって。それで、ああいう練習にしていたらしい」

「身体能力？」

灯里は首を捻る。式神の使役と身体能力に、一体何の関係があるのだろう？

その疑問に、涼介は具体的に答えてくれた。

「式神って、術者の力を反映するよね」

「って習ったけど」

「僕は、勉強ほど運動はできない。得意だからこそ、勉強に時間を割いている自覚もあったしね……だから、僕の式神は基本的に飛ぶための力が弱い、らしい」

「夏休みに、手紙を持ったまま、すごい長距離を飛んできてたと思ったけど……？」

「あれは持久力というか、根性というか、速度とは別みたいだ。届けるまで、時間も結構かかったんだよ」

言われて、何となく分かるかも、と灯里は思った。

涼介ほど長時間、机に向かっていられる人間も珍しい。それに彼は、解けない問題に突き当たっても、絶対に諦めずに数日かけてでも解き切る。

そういう部分が式神に反映されているのなら、納得だ。

「鏑木先輩の式神の鳥も、僕にさせてるような肉体的な努力で速くなったらしい。自分の経験上のことだから、僕も同じように速くなるって、信じてくれてるみたいなんだ」

「そっか、思いつきでやらされてたわけじゃないいんだね。よかった」

涼介の説明に、灯里は苦笑した。

自分の雪影との特訓もそうだったが、先に行動の理由を教えてくれない人は一定数いるらしい。しかしそれが間違った方法とも限らないようだ。

「先に言っておいてくれたらって思うけど……意味を自分で考えるのも、必要なのかもね」

涼介のその言葉に、灯里は雪影に言われたことを思い出す。

――『いま与えられた力でいかに戦うかを考えてください。陰陽師だろうとそうでなかろうと、それを求められる場面は少なくありませんから』

きっと考え続けることが必要なのだろう、と灯里は思う。

どうすればいいのか。どれが最善なのか。自分の行動が、結果、何に繋がるのか……そんな風に、思考し続けることが。

「それに、ヒントは僕の中にすでにあったんだ」

涼介が、自分の胸元に手を当てながら続ける。

「僕自身、肉体を強化することで式神の性能が向上するだろうっていう話は、灯里の式神を見ていて感じてたし」

「俺の？」

「そう。灯里の式神の鳥が速いのは、きっと灯里自身の身体能力が反映されてるんだろうって思って。灯里、めちゃくちゃ足速いし」

「あ……あー、そういうことか！」

自分のことを例に挙げられた瞬間、灯里は理解した。

同時に、伊吹に言われたことも頭を過る。術者の性格的な特徴も、式神の鳥にはやはり反映されているのだろう。涼介の式神の〝根性〟が、それに当たる。

となると、自分の弱点も一目瞭然だ。

そして伊吹も、それを分かった上で練習方法を考えてくれているに違いない。

「伊吹先輩とは、どういう練習してるの？」

「先輩の式神の鳥が抑え気味に飛んでくれるから、そのあとを追わせてる。俺の、コース取りが下手だから」

「あー、よく物にぶつかってるもんね」

「本当にねーそうだったたんだよねー」

「おや……その言い方ってことは？」

「それは、勝負してからのお楽しみということで」

涼介の問いかけに、灯里はニヤリとしてみせた。

そうして屈伸を終えて立ち上がり、式札をケースから取り出す。

涼介も同じように式札を手にする。

「我が翼と成れ」

「急急如律令」

ふたりは同時に呪文を唱え、式神の鳥を生成した。

宙で式札から反転するように現れた式神の鳥は、それぞれの術者の指に留まる。半年前の入学時には見ることができなかった光景だ。

「コースは、この広場と寮の往復。部屋の窓に括っておいた組み紐を取って戻ってくる感じで……よーいドン、でスタートしよう」

涼介が、寮のある方角を指差してそう説明した。

灯里もコースを確かめるように、涼介の示す先を見遣る。

この広場は、学園の西南に位置している。校舎よりも奥——北側にある寮までの距離は、往復一キロちょっとだろうか。

間にある障害物は、いくつかの棟が連なる校舎に街路樹と、外苑ほどではないが決して少なくはなかった。だが、飛行するのは人の背丈より優に高いので、予期せぬ通行人に当たることはない。

「じゃ、いくよ。よーい——ドン！」

行け、とふたりは式神の鳥を飛ばした。

街路樹を越えて建物の向こう側へ飛んでいくと、飛んでいる姿はすっかり見えなくなってしまう。

……もどかしい、と灯里は思う。

雪影と特訓している間にも感じていたことだが、伊吹と式神の鳥を飛ばし始めてから、より強く思うようになった。式神の鳥が、今どこで何をしているのか、手に取るように分かったらいいのに、と……。

瞬間的に湧いたその感情を灯里は押し込めた。

今は涼介と勝負をしているのだ。集中して念を送らねば――。


ふたりきりのレースが始まって、およそ五分後。

「はっ――やいよ!」

ゴールした自分の式神の鳥を胸で受け止めた涼介は、そのまま転がるように地面に倒れて叫んだ。受け身は取ったらしく、まるで痛がってはいない。これも鏑木先輩との特訓の成果だろうか。

さて、涼介があまりの速さに叫んだのは、自分の式神の鳥に対してではなかった。

灯里のそれに対してだ。

「ありがと。っていうか、涼介のも速くなってて驚いたよ」

涼介の式神の鳥は、羽ばたきに対して進む距離が倍になったようだった。

羽ばたきが力強くなったか、あるいは効率よく風を摑めるようになったのか。いずれにせよ飛ぶのが上手くなっていた。先日の会議室で飛ばした時とは、明らかに異なる飛行だ。

「へへ、まあね……じゃなくて！　灯里の、こんなに速かったっけ？」

「それはほら、練習の成果だと思う」

肩の上で羽繕いをしている自分の式神を見て、灯里は思わず頰を緩めた。

……どうやら、上手く飛べたらしい。

ほぼ無傷で帰ってきたのは、伊吹以外の者の前では初めてだ。

比較的、高い場所を飛んだので、実際のコースだとまた変わるだろうが、それでも今までの惨状を考えるに上出来だろう。

「はー……灯里、その伸び方は反則だよ。いい線いくと思ったのに、まさか五倍も違うなんて！」

「五倍は盛りすぎな気がする。四倍くらいじゃない？」

「同じようなものだよ！　ああ悔しいっ、また身体鍛えてやるっ」

涼介は、何だかんだで鏑木の教えを忠実に守ろうとしているらしい。すぐに努力を重ねようとする友の様子に、灯里は感心した。

「伊吹先輩は、今の灯里よりも速いんだよね？」

「あー……初日に、本気出しての勝負してもらったんだけど、まるで相手にならなかった。伊吹先輩は、速すぎる」

「やっぱりか」

「っていうと？」

「鏑木先輩も言ってたんだ。『三年でも勝てるやついないと思うわ』って」

「そんなに？」

疑問の言葉を返しつつ、同時に「やはり」という気持ちが灯里の中に湧く。

あれだけの速さで式神を飛ばす伊吹だ。より速く飛ばせる人が、そう何人も上にいることなど想像できなかった。

「伊吹先輩は、一年生の時に個人で三位を獲ってるらしい」

「えっ。一年生で？」

「そう。一位と二位は、どっちも三年生。当時の二年生より速かったんだって」

「……あの人より速い三年生がいたっていうのも驚きなんだけど」

「そこは、伊吹先輩も一年間でまた速くなったってことじゃないかな」

なるほど、と灯里は納得する。

伊吹に自分も競り合えるかと尋ねた時、これから次第だという答えが返ってきた。伊吹も、最初から今の伊吹ではなかったのだろう。たとえ原石の時から優れていたとしても、より優れたのはその後の成長があってに違いない。

そう思えばこそ、やる気が湧いてくる。

「灯里は伊吹先輩に、何か速く飛ぶ秘訣とか聞いた？」

涼介が、灯里の顔を覗き込みながら言ってきた。

興味津々という表情だ。彼は集書院の書物を読んでいる時、こういう顔になっている時がある。知識欲の現れなのだろう。

「秘訣は聞いてはいないいんだけど……式神に送る念を一定に保つように言われた。俺、ブレブレなんだって」

「あー……火力高めだけど、その代わり調整難みたいな感じ、灯里あるかも」

「分かるものなんだ、やっぱり？」

「灯里が術を使ってる時は、そういう強弱が分かりやすいんだよね。なぜか」

「そうなんだ……」

灯里は頷きながら、理由を考える。

思い当たる節はあった。

恐らく、戻ってきている力のせいだろう。それもあってコントロールが利かないことは、実は特訓の際に雪影からも指摘されていた。

「その点、伊吹先輩は、送念のコントロールが上手い気がする。灯里と違って、どこで力を込めてるかとか、全然分からないし」

「比較されると複雑だな……」

「でも、念の制御だけで、そんなに速いのかな。他にも何か秘訣がある気がする」

「えっと……これは伊吹先輩が本気を出した時の一回きりだったんだけど」

「え、え、何？　やっぱりあった？」

「先輩は、式神を飛ばしてる間、術を使ってた」

「術……？　式神使役術と同時に別の術をってこと？」

「そう。確か、真言系の呪文だったと思う」

伊吹が術を使っていたのは、最初の一回きり。

その後は普通に飛んでいただけだったので、灯里は質問するタイミングを逃していた。

そもそも、速度を落として飛んでくれている伊吹の式神の鳥に自分のをついていかせるだけで精いっぱいで、尋ねる前に、あの術がなんだったかなど考えている余裕もなかったのだが。

「すごい」

灯里の話に、涼介が目をキラキラと輝かせた。

親友のその反応には、畏敬の念が込められているようだ。

「やっぱりすごいんだ？　何となくは感じてたんだけど、先輩、『別にすごくないよ普通普通～』って、大したことないように言うから」

「いやいやいやいや！　めちゃくちゃ大したことっていうか、すごく器用なことやってるよ。三年生でもそんな芸当やれる人いないいんじゃないかな」

「そうなんだ……」

ものすごく速い、とは灯里も知っていた。

ものすごい集中力だ、とも思っていた。

しかし、涼介の反応で改めて実感する……伊吹は実力者なのだ、と。

雪影が言っていた。『あなたの赤帝寮にはいい式神の鳥使いがいます』、『彼からよく学ぶように』と。恐らく伊吹のことだろうと感じていたが、どうやらその予想は正しかったようだ。

「よし。今日の僕の目標は、灯里の式神の尾に噛みつくこと！」

休憩時間は終わり、というように、地面に座り込んでいた涼介が立ち上がる。

「えっ、何その攻撃的な目標」

「バテるまで追いかけてやる」

眼鏡の奥でニヤリとする涼介に、灯里は肩を竦める。涼介の式神なら、確かにこちらの体力が尽きるまで追いかけてきそうだ。

(疲れそうだけど……でも、今日は楽しい一日になりそうだな)

そんな風に想像しながら、灯里は涼介との第二戦に挑むのだった。


しかし、灯里の想定外のことが起きる。

それは昼時、ふたりで昼食の休憩に入っていた時のことだった。


昼食を取るために、灯里と涼介は食堂へと向かうことにした。

食堂と言っても寮の食堂ではなく、校舎と隣接した大食堂だ。練習場所から近かったこともあるが、今日は授業がない休日なので、さして混雑していないと思ったのである。

灯里たちの予想どおり、食堂は平日に比べて空いていた。

大食堂は、その名が示すとおり、寮の食堂よりもずっと大きい。寮の食堂と比べると、五倍は座れる座席が用意されているのだが、そのような広い食堂でも、いつもは空いている席を探すのに一苦労する。

しかし、今日はほとんど空席なので好きな場所に座れた。

灯里と涼介は、食堂の配膳窓口から料理を受け取ると、外の景色が見える窓際の席に陣取った。

エネルギーが欲しいということで、ふたりとも揃ってかつ丼を選んだ。

今日のおすすめメニューにもなっていたかつ丼だが、カツはカツでも、中身は豚肉ではなく猪肉だ。山中で獲れたものらしい。下処理がキチンとされているからか、獣臭さもなく、むしろ肉の旨味が強い。食堂には、時々こんな風に山中で獲れた野生鳥獣の肉料理も並んでいて、灯里は結構気に入っている。

その猪肉かつ丼に舌鼓を打ち……ちょうど食べ終わった時だった。

灯里が感じていた満腹感の余韻を吹き飛ばすように、窓の外を、ひゅん、と何か小さなものが横切った。

「今のは……」

白くて小さな鳥。否、式神の鳥だった、と思う。

同時に、灯里は思い出す。

日の下で見てはいなかったが、先日、雪影と別れたあとの灯里のことを監視するように尾行してきていた――そして捕まえ損ねた――小さな白い式神の鳥のことを。

いま窓の外を横切ったのは、もしかして……。

「灯里？　どうしたの？」

空になったどんぶりと箸を手にしたまま窓の外を睨んでいた灯里に、涼介が心配そうに尋ねてきた。

その声に、灯里も我に返る。

「あ、いや……なんか俺を尾行してきてたっぽいやつが外を飛んでった気がして」

「それって、例のストーカーみたいな視線のやつ？」

「それは……どうなんだろう……」

涼介の言葉に、灯里は考え込む。

感じていた視線をよく思い出す。

実は、ひとつ……違和感というか、疑問があったのだ。

自分が感じていた視線は、果たして同一の相手からのものだったのだろうか、と。

「……涼介。実はさ――」

その疑問について、灯里が涼介に相談しようとした時だった。

何やら、自分たちの席に近づいてくる人物がいた。

灯里と同じように小柄な体格の男子がひとり、ズン、ズン、と地面を力強く踏みしめるようにして食堂の入り口から歩いてくる。

外に向かってやんちゃに跳ねた、色素の薄い髪。

冬でも枯れることのない松葉のような、緑みがかった瞳。

そして、何に怒っているのか、ぎゅっと皺《しわ》が寄るほど寄せられた眉間に、吊り上がった眉。ものすごく不機嫌そうな顔をしている。

制服の襟や袖に入ったラインの色が、灯里たちと同じ赤である。同じ一年生のようだ。

「嵐山《あらしやま》くん……？」

涼介が、ぽつりと呟いた。

涼介は同学年の顔と名前をすべて記憶している。相手のことを知っているようだ。

「こっちに来てるけど、涼介、知り合いなの？」

「いや、特に……むしろ灯里のほう見てない？」

近づいてくる男子――嵐山を灯里はちらりと覗き見た。

確かに、自分を見ている気がする。

というか、睨まれている気がする。

一体なぜ？

というか、この視線、どこか覚えがあるような気がするのだが……。

そんな疑問に灯里が頭を捻っている間に、嵐山は灯里たちのつくテーブルまで来ていた。

「おい、お前。俺と勝負しろ」

凄《すご》むような声で嵐山は言った。

同時に、灯里は空になった食器を前に手を合わせていた。食後の大事な一言を忘れていたのだ。

「ごちそうさまでした」

「おいっ！　お前だ、お前！　無視すんな！」

「……えっ？　俺？」

人違いだろうと思い敢えて素知らぬフリをした灯里だが、違ってはいなかったようだ。しかも、そのせいで相手の逆鱗《げきりん》に触れてしまったらしい。嵐山の眉間に刻まれていた皺が、よりいっそう濃くなった。

「他に誰がいるんだよ！」

「……涼介？」

僕？　と涼介が灯里と顔を見合わせて首を傾げた。

その他人事という態度も、相手には腹立たしかったらしい。

「お前だよ、遠山灯里！」

「あの、少し声を抑えてもらえませんか……？」

灯里は困惑しながらも、激昂している彼にやんわりと伝えた。

食堂には、灯里と涼介だけがいるわけではない。平日より閑散としているとはいえ、食事に来ている学生は他にもいた。一年生だけでもなく、上級生もいるし、先生たちが来る可能性もある。

揉め事を起こした、などと注意されては堪らなかった。特に、醜聞として雪影の耳に入るのは困る。恐らく注意では済まない……気がする。

灯里のその言葉に、嵐山は一瞬黙り込んだ。

だが、次の瞬間にはもう喚《わめ》いている。

「俺と勝負しろ！」

話が通じない……と灯里は頭を抱えた。

涼介もポカンとしている。思考の処理が追いつかないらしい。それもそうだ。何もかもが急すぎるし、説明も不足している。

　そんな周囲の迷惑やふたりの状態をよそに、嵐山は灯里を見下ろすように睨んできていた。

　灯里は、腹を括って彼に応えることにした。

　とっとと会話を終わらせてしまおうと思ったのだ。

「結構です」

「あ？」

「勝負しません」

「は――はぁ!?　なんでだよ!?」

　嵐山は大げさなほどに狼狽えた。

　まるで灯里が勝負を受けると信じていたかのような反応だ。しかし、どうしてそんな結論になるのか、灯里には理解しがたい。

「り、理由を説明しろ！」

「いや、いきなりすぎて、ついていけないというか、わけが分からないというか、なんなら怖いというか」

「はっ。ビビってんのかよ。だせぇ」

「君がそう思うなら、俺はそれでいいや」

「俺はよくねえ！」

「どっちなんだよ……」

頭痛がしてきて、灯里はため息を禁じ得なかった。

涼介は知っているようだが、自分はまったく知らない相手だ。

なのに、いきなり絡まれている。勝負しろと言われても何の勝負か分からないし、そもそもなぜ勝負を挑まれているのかすら不明である。名指しされていなければ、人違いだと判断しているところだ。

「……行こう、涼介」

灯里は席を立つことにした。

空の食器を載せたお盆を手に、涼介に目配せしてその場を離れる。

「あっ、こら！　待てよ！」

背後から大声で呼ばれるも、灯里は無視する。そうしてそのまま食器を返却口に返すと、足早に食堂を後にした。

その後を涼介が追ってきた。

「灯里、なんで勝負を挑まれたの？」

「それが分かったらこんなに早く食堂を出てきてない」

「それもそっか」

「……涼介。あいつのこと知ってるみたいだったけど、誰？　うちのクラスのやつじゃないから、俺、全然知らなくて」

「嵐山くんは――」

「待てってば！」

涼介の説明を遮るように、背後から大声で呼び止められる。

嵐山も追いかけて食堂を出てきたらしい。

「げ。ついてくるんだ……」

「げ。ってなんだよ。話を聞け！」

「話さないの、そっちだろ」

「だから勝負しろって言ってるだろ」

「何の勝負を、何のために……っていうか、どうして俺なんだよ？」

「それは――」

言いかけて、嵐山は怒りの原因を思い出したらしい。

威嚇する犬のように歯を剝《む》きながら、彼は灯里を睨み直し、喉の奥から絞り出すように言った。

「――お前が、雪影先生のお気に入りだからだ」

一瞬、灯里は言われた言葉の意味を理解できなかった。

わずかな間ののち、ようやく声が出る。

「……は？」

しかし、それしか出なかった。

考えてみたものの、やはり理解不能だった。

自分が雪影のお気に入りかどうかは不明なので置いておくとして……なぜそれで、こんなにも理不尽な絡み方をされねばならないのだろう？

「雪影先生の弟子は、俺がなる予定だったんだ」

ギリ、と奥歯を噛みしめるように、悔しげな表情で嵐山は言った。

灯里は初めて耳にする話だ。

だが、雪影が特訓してくれることになった原因は、過去――灯里が学園に入学する前に起きた事故にある。もし誰かとの予定を変えて、自分に時間をくれていたのだとしたら、それは申し訳ないことだと灯里は思った。

「なんか、ごめん。先生、何も言ってなかったし、俺、君が弟子になるとか知らなかったから――」

「知らなくて当然だ。先生には言ってない」

「……ん？」

嵐山の発言に、灯里は一瞬、固まった。

「えっと……それは、弟子になるって決まってたとかではなく？」

「俺は決めてた」

「先生が決めていたわけではなく？」

「だから、俺が決めてたんだ」

「それ……勝手にってこと？」

灯里がそう言った瞬間、嵐山がカッと顔を真っ赤にした。

「わ、悪いかよ！」

「いや、全然悪くないです」

むしろ好きにすればいい、と灯里は思う。

思うが、自分に絡んでくるのは違うのではないだろうか、とも思う。

「雪影先生の弟子になって、いろいろ教えてもらおうって考えてたんだ。なのに、お前が割り込んできて……俺の完璧な予定がくるったんだからな！」

「……灯里の特訓って、雪影先生のほうから提案されたんじゃなかったっけ？」

見かねた様子で涼介がそう口を挟んだ。

それを聞いて、灯里を睨んでいた嵐山はその眼光を涼介に向けた。

「あ⁉」

「何でもないです、ごめんなさい……」

「で、俺にどうしろっていうのさ？」

怯えた涼介を背後に庇いながら、灯里は尋ねる。

「俺の式神の鳥とお前のと、どっちが速いか勝負しろ」

「それって式神レースをするってこと？」

「そうだ」

「いつ、どこで？」

「お前、体育祭で式神レースに出るんだろ？」

「出るけど」

なんで知ってるんだろう、と疑問を覚えつつ灯里は答えた。

わざわざ調べてきたのだろうか？

皮肉交じりに尋ねてやろうか、と灯里が思っていた時、嵐山が言った。

「じゃあ、勝負はそこでだ」

「え。君も出るってこと？」

「ああ。俺は、青帝寮の式神レースチームのメンバーだからな」

「そっか。それなら別に――」

「だめだよ灯里っ……」

いいよ、と言おうした灯里は、涼介に腕を引かれて止められた。

何事かと涼介を見ると、彼は小さく頭を振り、声を潜めて灯里に告げる。

「嵐山くんとは、だめだ」

涼介は、険しい顔で引き止める。

だが、灯里にはその理由が分からない。

「どうして？　ただレースするってだけみたいだけど」

「条件を聞いてない。負けたら何を要求されると思う？」

「あ、そっか……」

言われて、灯里は事の重大さに気づいた。

嵐山が因縁をつけてきたのは、自分が雪影に特訓をつけてもらっているからだ。もし
負けた場合、辞めることを条件に挙げられる可能性が高い。

こちらからその条件を訊くのも避けたほうがよさそうである。だから涼介は嵐山に聞こえないように話しているのだろう。

「ありがとう、涼介。そこまで考えてなかった」

「いや、相手が彼じゃなければ、僕もここまで止めてない。灯里の式神の鳥は、一年生の中でもかなり速いほうだと思うし」

「彼じゃなければ？」

「嵐山くんは、将来〝木の一門〟の宗主に選ばれる人間だ」

「木の一門……宗主？」

聞き覚えのある言葉に、灯里は記憶を辿《たど》る。

……思い出した。

いつかの食堂で、涼介が言っていたのだ。自分の実家は、水の一門の分家だと。

〝一門〟というのは、陰陽道において重要視されている〝五家〟と呼ばれる五つの大家のことらしい。

なぜ五つあるかと言うと、陰陽道では五行説――五つの元素の相関関係が基盤にあり、重要視されているからだ。この元素に相当させた大家が五家であり、それを宗家とした血族集団が〝一門〟と呼ばれているのである。

そして涼介が言うには、目の前の嵐山は木の一門の宗主だという。

宗主ということは、宗家――つまり、一門をまとめる、あるいは代表するような家ということだろう。

「えっ……あいつ、めっちゃ偉い人ってこと？」

「偉いという言葉は適切じゃないかな。説明は長くなるから端折《はしょ》るけど、木の一門としての血が濃い。つまり、力が強いってこと」

「ふむ。なるほど……？」

「その反応、分かってないね、灯里？　とにかく、あいつと式神レースじゃ分《ぶ》が悪すぎる。断って――」

「おい、何ごちゃごちゃ言ってんだよ」

苛立ち交じりの嵐山の声が背後から響いた。

ここそこ話していた灯里たちは、その声に振り返る。

「あー……その、ごめん。式神レースでの勝負は、ちょっと、遠慮します」

「逃げるのかよ」

「いや、逃げるとかではなくてね……」

……さて、なんと言い訳をしたものか。

そんな風に、相手が納得する理由を灯里が考えていた時だった。

「は。ガッカリだ」

嵐山が、ため息をつきながら肩を竦めた。

そうして侮蔑したような視線を灯里に向けて吐き捨てる。

「雪影先生の弟子みたいな扱い受けてるのが、まさかこんな〝女みたいなやつ〟だったとはな」

「受けて立つ」

え？　と声を上げたのは、涼介だった。

灯里は反射的に答えていた。

——『女みたいなやつ』

最近すっかり忘れていたが、灯里が一番言われたくなかった言葉である。そのため、カチンときてしまったのだ。

「ほぉー……言ったな？」

嵐山が、にやり、と口の端を上げる。

それから、ずい、と灯里に顔を近づけて、挑発するように言った。

「じゃあ勝負だ。逃げんなよ」

「そっちこそ」

睨み返した灯里に、嵐山は「ふん」と鼻を鳴らして顔を戻した。

そうして、来た時と同じく唐突に背を向けると、灯里たちをその場に残して去っていった。

「灯里……まずいよ……」

嵐山が去ったあと、涼介が心配そうな顔で呟いた。

「勝敗の条件も聞いてないのに……」

「どうせ、雪影先生の弟子の立場を譲れとか、そういうのだろ」

「いいの？」

「負けなきゃいいだけだし……」

そこまで話しているうちに、灯里は冷静さを取り戻した。

徐々に、感情任せな判断をしたことを後悔し始めている自分に気づく。

「……涼介。あいつ、速いの？」

「彼が実際に式神の鳥を飛ばしてるところを見たことはないけどさ……さっきも言ったけど、嵐山くんは木の一門の宗主に選ばれる人間だ。この意味、分かる？」

「ええと、木の一門ってことは……五行のうちの木行―― 〝木〟の性質が強いってこと？」

涼介の問いに、灯里は首を捻りながら答えた。

授業で習ったことだ。

そもそも陰陽道とは、陰陽五行説などを元にした呪術と、その基盤となる思想体系のことである。

陰陽五行説はその名のとおり陰陽説と五行説が融合したもので、これにより万物の一切を〝陰陽〟と〝五行〟で説明する理論だ。

陰陽説とは、森羅万象《しんらばんしょう》……つまり宇宙のありとあらゆる事物はすべて、陰と陽という相反する気の属性に区分できるという説のこと。

そして五行説とは、万物は天地のはざまで循環する五種類の気――火・水・木・金・土――から構成されており、これが相互に作用しあって存在しているという説である。

万物ということは、人間も同じ。五種類の気の性質を持ち、その属性の影響を受けているのだ。

そして、有する気の性質は、個人によってその割合が異なる。

五つすべての気の性質を持ってはいるものの、特定の気の性質が強く出ることもあるという。

「そのとおり。僕が水の一門で〝水〟の性質が強い人間であるように、嵐山くんは木の一門で、木の性質が強い。じゃあ、灯里に問題です。〝木〟って何のことでしょうか？」

「えっと……樹木？」

「あとは？」

「あとは…………………………あっ」

そこで灯里は思い出した。

〝木〟とは言うが、単に植物の樹木のことではない。

〝火〟は火を、〝水〟は水の属性だが、〝木〟は木だけではない。

木とは、大地から芽吹き宙へと広がるように伸びてゆくもの。大地を覆う空間を支配するものだ。つまり――。

「……風」

暗澹《あんたん》とした気分になりながら、灯里はぽつりと呟いた。

木の属性には、風や雷といった、空中での気象も含まれている。

そして風は、飛行する式神の鳥にとって重要な要素だ。進む道そのものであり、味方にもなり、敵にもなる。

「そう。そして、嵐山くんはその木の一門の宗主になる人」

「めちゃくちゃ風の子じゃん……」

「そうだよ。だから止めたんだ。なのに、灯里ってば話を聞かないんだから」

「ごめん。カッとなって……」

「灯里のそういうところ、〝火行〟っぽいよね」

呆れ交じりに涼介が言う。

しかし、灯里はふと、涼介の言葉が気になった。

「〝火〟っぽい？　俺が？」

「実家がどこかの一門に属してないようだから、はっきりとは分からないけどね。でも、何となくそんな気がしてる」

「俺の属性が〝火〟……？」

そうなのかもしれない。

そんな風に感じた時点で涼介の言うとおりなのだろう、と灯里は考える。

「調べる方法ってないの？」

「占術でできるよ。でも、人以外でもそうだけど、五行のうちその要素だけの影響を受けているってわけでもないから、分かるのは要素の強弱くらいかな。相性とか見るのにも使えるし」

「相性……〝相生《そうしょう》〟と〝相剋《そうこく》〟だっけ」

「そうそう、それ。灯里、ちゃんと覚えてるじゃん」

涼介が満足げに微笑んだ。

入学した当初の灯里には口にもできなかった知識だ。それが灯里に身についていることを、陰陽師の家で生まれ育った友人は喜んでいるらしい。

〝相生〟と〝相剋〟とは、五行の間にある関係性のことだ。

〝相生〟は、相手を生じ、助長する関係。

〝相剋〟は、相手を剋し、抑制する関係。

五行の間には他にも比和《ひわ》、相乗《そうじょう》、相侮《そうぶ》といった関係が存在している。そして、人と人との相性も、この関係で測ることができるのだ。

「谷垣先輩も、チームのメンバー同士の五行の相性を見て練習相手を選んでたし……たぶん、灯里についてては、僕と同じ見立てだと思う」

「あれ、適当に組ませたのかと思った」

「違うと思うよ。あれはたぶん、相生の関係で組ませたんだと思う」

三年生の谷垣は、土行。組んだ相手は、二年生の金原で金行。

同じく三年生の鏑木も金行。こちらは水行の涼介を相手にしている。

そして伊吹は、木行。教えているのは、恐らく火行の灯里……。

涼介の予想によると、メンバーの五行の属性はそのような形だろうとのことだった。

「なるほど……」

ふと、灯里は谷垣が組み分けした際の時のことを思い出した。

伊吹も、組まされたメンバー同士を見て納得していた。あの様子からすると、涼介のように谷垣の意図に気づいていたのかもしれない。

「あのさ。涼介はなんで人の五行が分かるの？　別に占術とか使って調べてたわけじゃなかったよね？　予《あらかじ》め知ってた、とか？」

「いや、調べたりはしてないけど……うーん、慣れ、かなぁ。下手するとレッテルを貼るようなことになるけど、五行の特性に基づいて相手の性格とか行動を見てると、だいたい合ってるんだよね」

「へえ、性格とか行動に表れてるんだ……ちなみに、俺は？」

「負けず嫌いとか、カッとなって喧嘩を買っちゃうとか」

「……な、なるほど」

涼介の言葉に、灯里はすんなりと納得した。

先ほどの嵐山との一件で反省していた点だ。確かに怒りや熱が上がるような感情は、燃える炎のようにも思える。

　それに照らし合わせると、嵐山は荒れ狂う暴風のような感じだった。あれも風、木行らしさの表れなのかもしれない。

「話が逸れたけど、つまり、嵐山くんは木行が強い。風を味方に付けるのも得意なはずだよ」

「そういうことになるよね……」

「とにかく、普通にやってたんじゃ嵐山くんには勝てないよ。どうするの、灯里？」

　涼介が眉根を寄せて言った。

　灯里を責めているわけではなく、心配しての発言なのだろう。それが伝わってくるだけに、灯里は考えなしに嵐山に答えてしまった自分を反省する。なんて浅はかだったのだろう、と。

「どうするって言われても、どうにかしなきゃいけないんだけど……」

　灯里の頭を過ったのは、雪影だ。

　だが、今の雪影は多忙で、少し前までのように簡単に頼ることはできない。

　不意に、風が吹いた。

　木の葉が舞い落ちてくる。

ひらひら、と無軌道に、簡単には宙で受け止められない翻弄するような動きで……それを見ていた灯里は、思わず「あ」と声を上げた。

風を味方につけている人がいたことを思い出したからだ。

「……伊吹先輩に相談してみようかな」

「伊吹先輩か……」

灯里の言葉に、涼介は何やら考えを巡らせ始めたらしい。うんうん唸り始めた。

「確かにあの人は木行が強いし、そもそも式神の鳥の扱いが上手い……でもあの人は、木の……それに確か嵐山くんの……」

「あの、涼介……？」

「んん……いや、その前に赤帝寮チームのエースだし……うん」

涼介は、ひとつ大きく頷いた。

悩んだ末に結論が出たらしい。

「伊吹先輩に相談するの、いいと思う」

「本当？　じゃあ俺、伊吹先輩のとこ行ってくる！」

「え、今から？　伊吹先輩、今日は一日中寝てるって話じゃ――……って、もう行っちゃった。やっぱり灯里は火行じゃないかな」

走り出した灯里の背に向かって、涼介は呟いた。

呆れたように、しかしどこか感心したように。


涼介と別れて寮に戻った灯里は、すれ違う二年生に手あたり次第そんな風に尋ねて回っていた。

「伊吹先輩がどこにいるか、知りませんか？」

というのも、伊吹が見当たらなかったからである。

まず、『一日中寝ている』という伊吹の話から、彼の部屋を訪ねてみた。

すでに訪問を決めてきた状態だが、眠りを邪魔するのは考え物である。伊吹の部屋付近の廊下をうろうろしながら、どう中に声をかけようか……そう灯里が迷っていた時だ。

たまたますれ違った二年生が「伊吹なら部屋にいないと思うよ」と教えてくれた。

それでまず寮の中を探すことにしたのだ。二年生の話によると、休日、伊吹が部屋を空けていることは珍しくないらしい。

と、灯里は同じ式神レースチームの二年生・金原と会った。

同じチームだが、彼女とはほとんど話したことがない。少し緊張しながら灯里は話しかける。

「金原先輩、すみません」

「ああ、式神レースの……遠山灯里くん」

名前は覚えていてくれたらしい。

少しホッとして、灯里は彼女に尋ねる。

「伊吹先輩を知りませんか？　部屋にいないみたいで」

「伊吹なら、外に出てったけど」

金原は、静かな視線を窓の外に向けて教えてくれた。

「本当ですか！　どのあたりにいそうかって、分かります？」

「ん……そうね……学内で、緑が多くて、高くて、いろんなものが見えるところ、とかかな」

たぶんね、と付け足して、金原は行ってしまう。

廊下の先で彼女の友人らしき人が待っていたので、灯里はそれ以上は尋ねずに見送った。

灯里は教えてもらった情報を頭の中で反芻《はんすう》する。

学内で、緑が多くて……高くて……いろんなものが見える場所……。

「だめだ。ありすぎる！」

灯里は頭を抱えた。

この学園には、金原が言っていたような場所はたくさんある。しかも広い。

雪影を探した時は偶然会うことができたが、足を使って人探しなどしていたら、あっという間に日が暮れてしまう。

雪影の言葉が過る。

今、自分の元にある条件で、人を探すのに最適な方法……。

「……式盤だ」

ここは寮だ。式盤を置いてある自分の部屋が近い。

部屋に戻った灯里は、さっそく式盤を取り出した。

涼介を巻き込むのもどうかと思い、灯里はひとりで戻ってきた。だが、式盤による占術を使うなら、頭を下げて彼に来てもらうべきだったと思った。

式盤による人探しや失せ物探しの類は、灯里は得意ではない。

というか、得意でないことのほうが多い。得意なのは、己の肉体を駆使するような体育くらいで、陰陽師としては他は並み以下である。

しかし灯里とて、曲がりなりにも適性試験を通過した学園の生徒だ。

式盤を使えば、占術に必要となることが多い計算は少なく済むし、走って伊吹を探すよりは時間がかからない。そしてこの式盤は、雪影と懇意にしている骨董店から入手した逸品である。灯里の力を引き出してくれる。

持ち歩いている懐中時計を取り出し、時刻を確認する。そして、この時刻を計算に使い、伊吹のいる方角を割り出す……。

「……東か」

式盤に出た結果を見て、うん、と灯里は頷いた。

ある程度の方角が判明した。

寮は学園の入り口から奥まった場所、北側に位置している。ここを起点に東となると、ある程度、場所は絞り込めそうだった。

「高いところ、いろんなものが見える……あ！」

式盤を睨んで考えていた灯里は、思わず立ち上がった。

この寮から東に、そういう場所があったことを思い出したからだ。

灯里は急いで式盤をしまい、部屋を飛び出した。

寮を出て東へ。向かったのは、グラウンドのような大白砂広場――ではなく、その傍らに立つ、大銀杏の木だ。

その大銀杏の木を灯里は見上げた。

大銀杏の木は、とにかく立派だ。

普通の銀杏の木とは異なり、人の体重も支えられるであろう膂力《りょりょく》すら感じられる力強い枝ぶりをしている。その枝で揺れている黄金の葉は、見事という他ない。

サラサラ、と風に葉が立てる音も心地いい。眠る時には、いい子守唄になりそうだ。

「……あ。いた」

樹上に目を走らせていた灯里は、黄金の葉の中に黒い制服姿の人間を見つけた。

恐らく、伊吹だ。

だが、下からでは確認できない。

少し木から離れると、今度は銀杏の葉に隠されて何も見えなくなってしまう。

「先輩！　伊吹先輩っ！」

試しに声をかけてみたが、ピクリともしない。

眠っているのかもしれないが……それより何より、周囲の喧騒が灯里の声を遮る。

体育祭のメイン会場になるグラウンドだけあって、休日だというのに出場種目の練習をしている者たちが大勢いた。金原が言っていた『いろんなものが見える』の〝いろんなもの〃とは、どうやらこの競技練習のことのようだ。

他の競技は、掛け声を上げるようなものも少なくない。案山子《かかし》に対して呪術を使ったり体術を仕掛けたりする〃先生倒し〃の練習などは、その最たるものだ。休日だが、どの寮もチーム総出で練習している。しかも本番でもないのに、互いに競っている素振りすらある。

「どうしようかな……」

式神の鳥に頼るか。いっそ自分が木を登るか。

灯里がそんな風に考えていた時だ。

ヒュッ、と目の前を黒い何かが横切った。

「今の──」

反射的に視線で追う。

どうやら大銀杏の中に向かったようだ。

「……先輩の式神、だったよな？」

灯里が無意識に呟いた時だった。

うーん……と背伸びでもするような声が木の上からした。見れば、木の上にいた制服姿の人間が、もぞもぞと動き出し──。

ガサッ、と葉擦れの音をさせながら灯里の目の前に下り立った。

「うわっ!?」

「どしたの灯里くん？　俺のこと探してたみたいだけど」

「いや、それは、そうなんですけど」

驚きで、灯里は言葉がまとまらない。

何とか落ち着いて、疑問を口にする。

「えっと……先輩、起きてたんですか？」

「起きていたとも言えるし、寝ていたとも言えるかな～？」

「謎かけみたいなの、俺、あんまり得意じゃないんですけど……」

「ごめんごめん。でも嘘じゃないんだよ。説明って難しいね」

困ったように笑いながら、伊吹が言った。

伊吹蒼というこの先輩は、摑めない人ではある。

だが、嘘を言うような人ではなさそうだった。むしろ小気味よく切るようにハッキリと物申すタイプではなかろうか、と灯里はここまで一緒に過ごして感じている。そういう部分が、どこか雪影に似ていた。

「……で。どうしたの？」

伊吹が話を促してくれた。

そこで灯里は「あっ！」と本題を思い出した。

「あの、俺、先輩に練習つけてもらえないかなって思って……すみません、今日は寝てるって聞いてたんですけど」

「それでも頼みたくなるようなことがあったのかな」

「まあ……そう、ですね」

「颯真《そうま》に絡まれたんだってね」

伊吹の口から出た耳慣れない名前に、灯里はきょとんとした。

「え？　そうま……？」

「もしかして、忘れてる？」

「……誰ですか？」

「ああ、なるほど。その様子だと、あいつのほうが名乗るの忘れてた感じかな」

伊吹はとても愉快そうに言った。

だが、灯里は要領を得ない。

「えーと？」

「さっき、君に勝負を申し込んできたやつがいたんじゃない？」

「そ、そうです、いました！　嵐山とかいう」

「そいつのことだよ。颯真っていうんだ。嵐山颯真」

「あー……そんな名前だったんですね、あいつ……」

確かに名乗られてはいない。涼介が教えてくれたので分かっただけだ。

「……なんで知ってるんですか？　絡まれたの、ついさっきですよ？」

「俺の式神、優秀なんだよね」

ニッコリと微笑む伊吹の指先に、滑るように飛んできたツバメが寸分の狂いもなく留まる。

式神の鳥は、情報収集もする。

だが、その得てきた情報を読み解くのには、また別の技法が必要となる。術者が直接的に見聞きするわけではなく、あくまで式神の鳥が見聞きしたものだからだ。灯里にはできないことだし、あの涼介ですら式神の伝えてくる情報の解読に難儀しているという。

式神の鳥が、今どこで何をしているのか、手に取るように分かったらいいのに……そんな風に灯里は考えていた。

それを伊吹はできるらしい。

どうやって……という疑問もある。だが、今はそれ以上の疑問があった。

「あいつ、伊吹先輩の知り合いなんですか？」

「知り合いっていうか、親戚だね」

「えっ、親戚!?」

想定外の答えに、灯里は思わず声を上げてしまった。

伊吹はそんな灯里を面白そうに見ながら、手品の種明かしでもするように説明をし始めた。

「木の一門なんだよ。俺もね」

五家について

陰陽道における五つの大家のこと。

五家の宗家は、それぞれ陰陽五行説における五つの元素――木・火・土・水・金――に相当し、世の均衡を保つための理の体現として存在していると言われる。

五家は、五行と同じく、相生と相剋の関係にある。曰く、木は火を、火は土を、土は金を、金は水を、水は木を生じ、また、木は土を、土は水を、水は火を、火は金を、金は木を剋すのだ。そのため交流は、基本的に相生の一門同士が盛んだ。

五家の分家も、それぞれの元素の旗本に連なる血族集団としてまとめて扱われており、その繋がりは現代でも根強く残っている。この本家と宗家をまとめて『一門』と呼ぶ。

宗家と分家の関係は各一門で異なり、厳格な上下関係を築く一門があれば、非常に緩く相互に不干渉という一門もある。

木の一門について

五家のうち『木』を司る一族のこと。

『木』は樹木や草花を象徴するだけでなく、八卦《はっけ》の思想から風や雷も構成要素として含まれている。ゆえに樹木を操るだけでなく、風の術も得意とすることから、腕利きの式神の鳥使いが多く輩出されている。

木行が強い者は往々にしてそうなのだが、木の一門の者は、木々の生い茂る森など自然の中に身を置くことを好む。性格的には穏やかで奔放だと言われることも多いが、あくまで傾向の話であり例外も存在する。しかし性質として、自由を愛し縛られることを厭《いと》う者が多いのは事実だ。

宗家と分家の関係も緩く、厳格な上下関係はない。

五家の中で、もっとも現代的な血族関係を営む一門と言える。

第四章 木の一門

森の梢《こずえ》に隠されるように、その屋敷はあった。

長い歴史を感じさせる武家屋敷のようなその旧家は、木の一門の宗家である嵐山家の住まいである。

風が年中絶えることがないこの森は、五行の中でも木行の要素が特に強い土地だ。そのため、木行が強い木の一門の人間にとっては居心地のいい場所でもあった。

それは、伊吹蒼にとっても同じだ。

木の一門は、他の一門に比べて縦の序列関係は緩く、宗家と分家の仲も上下の繋がりではなく、むしろ隣り合った関係に近い。そのため気軽に宗家に赴く者も、昔から少なくなかった。

蒼は、嵐山家をたびたび訪れていたひとりだ。

幼少期から、特に理由もなく遊びに行っていた。

嵐山家は山中にあり、周囲は深い森になっている。しかし結界が敷いてあり、危険な野生動物が入り込むこともなく安全で、小さな子どもだった蒼でも自由に遊ぶことを許された数少ない場所だった。

蒼は、陰陽師の家柄の子としては、至って平凡な霊力の持ち主だ。

質・量ともに、とりわけ突出した子どもではなかったが、それでも陰陽師を目指せる程度ではあった。鬼や怨霊の類に狙われずに自由気ままに遊べる……そんな嵐山家と周辺の森は、蒼の奔放な好奇心を満たし、飛び回るための身体能力を培うのに最適な場所だったのである。

蒼は、そこで嵐山家のひとり息子・颯真と出会った。

とはいえ、仲良く遊んだりしたのは、物心がつく前までだ。

ひとつ年下の颯真は、幼い頃は活発で奔放だった。

だが、小学校も高学年に上がる頃になると、眉間に皺を寄せるようになった。難しいことを考えているかのように……実際、考えていたのだろう。

蒼が中学に上がる頃のことだ。

「ねえ、颯真。遊ぼうよ」

「遊ばない」

「なんで？」

「遊んでる暇なんてないからだ。俺は、木の一門の宗主として、しっかりしないといけないんだから」

気軽に誘った蒼に、颯真は真剣な顔でそう返してきた。

『木の一門の宗主として』――それが当時から颯真の口癖だった。

しかし、誰が颯真に言ったわけでもない。

颯真の両親も木行の強い人間らしく自由を愛しており、息子を因習に縛り付けるようなことはなかった。宗家の教育方針に口出しする分家もなかった。

颯真が宗主になる者としての責任を抱え始めたのは、他の一門の次期宗主候補と接触してからだったという。「木の宗主候補は自覚が足りない」等と同じ年頃の相手に言われ、以来、今のような言動を取るようになったらしい。

楽しく無邪気に生きてきて、それをよしとされてきた颯真である。初めて向けられた辛辣な言葉に、強いショックを受けたようだった。

颯真はその時からいつも、木の一門の宗主として相応《ふさわ》しい者であろうと意識していたのだろう。だから蒼が一緒に遊ぼうと気軽に誘えるような相手ではなくなっていったのだ。

蒼は嵐山家を訪れ、そんな颯真に会うたび、「大変だな」といつも思っていた。

前述のように、ある時期から大して仲がいいわけでもなくなったが、それでもよく遊びに訪れる家の子どもである。弟のように感じていた。

その弟のように感じていた相手が、苦悩している姿を見てきたわけである。

――自分はまとめ役になんてなりたくないし、相応しくもない。

――上に立つ者は苦労する。

――なら、自分は立たなくていいし、立ちたくない。むしろ立たねばならない者を支えるほうが向いている。

蒼が後年そう思うようになったのは、この颯真を見ていたからである。

けれど、それから時が経ち、陰陽師学園に入学して一年。

気づけば蒼は、周囲から次期寮監などと囁かれるようになっていた。

皮肉な話だ、と蒼は思う。自由気ままに生きてきた自分が、上に立つことを求められるなんて……。

けれど、そういうことは往々にしてあるらしい。人間社会だけでなく、森のような自然の中でだって、風に吹かれるまま楽しげに流れていった者の後ろに、気づけば続く者が現れていたりする。

だからこそ、蒼は思うのだ。

次期宗主としての責任という重荷を敢えて背負い込もうとする颯真に、一旦それを忘れてみて欲しい、と。

自由に、思うままに、己の求めるまま飛んで欲しい、と。

それが、木行の強い人間がもっとも力を発揮できる方法なのだから……。


……そうして、今。

颯真をなんとなしに見守ってきた蒼にとって、好ましい出来事が起きていた。

颯真が誰かに憧れを抱くこと。

そして、その憧れから誰かに羨望と嫉妬を抱くこと。

颯真が自分に押しつけられた責任など忘れて、自分の心の赴くままに飛ぶ……それが叶う環境が整いつつある。

この出来事について、蒼は傍観者を決め込もうとしていた。

しかし、心の片隅は疼《うず》いていた。

颯真が変わるきっかけになりそうな遠山灯里。その後輩を通して、自身も間接的に出来事に関わることができると気づいていたからだ。

不変のように思われたものが変わる……そういう瞬間が、蒼は好きだ。

無風の穏やかな地に嵐が訪れるのを、不謹慎にも子どもの頃から待ちわびてしまう癖がある。

近々そんな〝嵐〟が見られそうな気配を感じて、蒼の心は静かに湧き立っていた。


伊吹から話を聞いて、灯里は頭を抱えていた。

現在、ふたりは大銀杏の下、木陰に並んで座っている。

――木の一門。

〝五家〟と呼ばれる陰陽道における五つの大家のひとつである。

その名のとおり、五行のうち〝木行〟を司り、その影響を強く受け、同時にその力を使うことに長《た》けた一族だ。

灯里に絡んできた嵐山……そして現在世話になっている先輩の伊吹も、この木の一門の者だという。

誰がどこの一門かというのは、実は、わりと生徒同士でも知っていたりする。だが、陰陽師界隈の話に疎い灯里は今それを知った。

「俺は分家で、あいつは宗家のひとり息子。小さい頃から、よく知ってるよ。一門の宗主になる才能も十分ある」

並んで座る灯里に、伊吹はそう教えてくれた。

「伊吹先輩の親戚で、才能も十分……」

灯里は思わず呟く。

同時に、喧嘩を買う相手を間違えた、と頭を抱える。涼介があんなにも必死で止めてくれていた、その理由がハッキリと認識できてしまったからだ。事の重大さを理解して、胃が痛くなる。己の軽率さが呪わしい。

「灯里くん、颯真に挑まれた勝負を受けたみたいだけど」

「はい……受けてしまいました……」

「俺は楽しみだな」

弾むような声に、灯里は隣を見る。

伊吹が、にっこり微笑んでいた。

「あの先輩……それはどういう意味で……？」

「そのまんまの意味だよ。君と颯真の勝負、どんな結果になるのかなぁって」

「俺の大負けじゃないでしょうか……」

「どうして？」

「あいつ、木の一門の宗主になるようなやつなんですよね？　伊吹先輩みたいな人たちをまとめる立場になる……俺じゃ、相手にもならないかと」

「そうかな？」

伊吹は心底不思議そうに言った。

どうしてその答えが灯里から出てくるのか分からない、とでもいうように。

「伊吹先輩は……そうじゃないと思うんですか？」

「うん。だって、君もあいつも、同じ一年生だよ？」

あっけらかんとした伊吹の発言に、灯里はポカンとしてしまう。

同じ一年生……そう言われると、そうなのだが……。

「ハヤブサだから速いんじゃないんだよ」

伊吹が空を見上げながら言った。

唐突な言葉、その意図が灯里には分からなかった。

「えっと……？」

「木の一門だから、なんだっていうのさ」

肩の上に留まっていたツバメを指先に載せて、伊吹はそれを眺める。

「俺の式神を速いと思うなら、それは俺の式神だからだよ。それが、木の一門だからって一言で括られるのは、好きじゃないな」

「あ……そうですよね。すみません」

「それに、去年、俺を負かしていった一位と二位の三年生は、木の一門でもなければ、五行だって木が強かったわけじゃない。一位の式神に至っては、空を飛べない鳥だったしね」

「え。飛べないのに？」

「ルール上、問題ないからね」

「式神の鳥であることのみ、とは聞いてましたけど……」

灯里は言い淀む。

飛べない鳥が、飛んでいる鳥たちに勝っている姿が想像できない。

「結局みんな、結果から原因を予想して言っているだけなんだよ」

「予想、ですか？」

「速く飛べるのは、そういう種類の鳥だから。速く飛ばせるのは、木の一門だから……みたいな。でも、違うよね。鳥類最速って言われているハヤブサだって、飛ぼうとしなければ飛ばない。翼が折れていたら、足枷《あしかせ》がついていたら、飛び方を知らなかったら、速く飛ぶことは不可能だよ」

そうじゃない？　と伊吹が灯里を見て小首を傾げた。

その言葉に、灯里は考える。

……確かにそうだ。

それは、陰陽師の術を使えなかった自分が使えるようになったことにも言える。

自分が術を使えるようになったのは、霊力が元々はあったから、ではない。力があるかないか分からない段階で、使えるようになりたいと自ら願い、雪影の指導のもと努力をしたからではなかったか。

「……すみません。俺、最初から決めつけて」

「まあ、霊力の総量とか一度に出力できる量とかで、最初からある程度は予測できることもあるんだけどね」

あはは、と笑う伊吹に、灯里は思わず「えっ」と声を上げた。

まさか反省した瞬間、こうもきれいに手のひらを返されるとは思わなかったのだ。彼の式神の鳥が宙で翻るような反転だった。

「それだけじゃないってことだよ」

不本意だという灯里の表情に気づいたのだろう、伊吹がそう加えた。

「ちなみに、俺の霊力は並みかそれ以下だよ」

「先輩の話、どこまで手放しで信じていいのやら……」

「これは手放しで信じて」

「でも、先輩を見てると、そういう風には思えないんですけど」

並みか、それ以下——式神の鳥をあそこまで見事に飛ばしている伊吹の姿からは、到底その程度の霊力には思えない。

「俺はね、自分で言うのもなんだけど、器用なんだよね」

「器用、ですか」

「コントロールが上手なんだよ。自分の力の」

言って、伊吹はツバメの式神を空に飛ばせた。

指から離れてゆくツバメは、何の抵抗も感じていないかのように宙へと放たれる。

「式神へ念を送るのも、最小限の労力でやれるんだ。だから、こういう芸当……式神の鳥を上手く飛ばしながら、君と話し続けることもできるわけ」

灯里たちの頭上で、式神のツバメは大銀杏の枝を縫うように飛んでいる。

伊吹はそちらに視線を一切向けずに、灯里に微笑んだ。

「俺が今、灯里くんに覚えてもらおうとしてるのは、これなんだよ」

「あ。先輩の式神のあとを追って飛ばす……？」

「そう。灯里くんの力がブレないように、式神のほうから矯正してるってわけ」

式神は術者の念で動いている。

伊吹の説明によると、それとは逆に、式神の動きから術者の念の送り方を調整することもできるらしい。

「念を操り糸のように捉えると分かりやすいかもね」

「なるほど。あの練習、そういう効果もあったんですね」

「君の式神の鳥が——というか、君が、素直だからできたわけだけどね」

「素直……なんでしょうか？」

「少なくとも君はこの練習に異を唱えなかったし、俺の歩調に合わせようとしてる。速く飛ばそうと焦らずに、俺のやり方を信じてついてきてる」

「それは、伊吹先輩がすごいと思ったからですよ。そうじゃなかったら、俺、ちゃんとついてきてたか分かりません」

「なるほど。そういう見方もあるか」

盲点だった、というように伊吹が言った。

「でもね。式神の鳥には、術者の性質がよく出るんだ。俺が君の式神に感じるのは、何よりも素直さだね」

「ええと、それは……褒められている？」

「もちろん、褒めてるんだよ」

「言い換えると単細胞とか、そういうことでもなく？」

「灯里くん、俺のことあんまり信用してないよね？」

「い、いいえ。そんなことはないんですけど……」

「自信、持っていいって言ったんだけどね」

そう言って、伊吹は立ち上がった。その周囲をくるりくるりと、まるで戯れるように彼の式神が旋回しながら飛んでいる。

灯里はそれを見ながら思い出す。

――『自信、持っていいよ。俺、基本的に本気で思わないと褒めないから』

伊吹と初めて飛んだあとに言われた言葉だ。伊吹と会ったばかりだったこと、そして圧倒的な力量の差を思い知らされた直後だったこともあり、上手く受け止めることができなかった。

灯里は自分の心に尋ねる……今はどうだろう、と。

「よそも頑張ってるね～」

呟いた伊吹の視線の先では、他の競技に出場するチームが練習している。

そして時折、その上空を式神の鳥たちが飛んでいた。

普段、学園内を飛び交っているのとは違う、何かを狙うような研ぎ澄まされた飛行を見せている。

「あれは、白帝寮だね」

視線を向けたまま、伊吹が呟く。

式神レースに出場する、他の寮のチーム練習らしい。

「休日でもまとまってやってるんですね」

「あそこは、統率が取れてるというか、そういう気質の生徒が入る寮だしね」

「そういう気質の生徒？」

「五行みたいなものかな。その寮らしさってのもあるんだよ」

「へえ……ちなみに、うちの寮の〝らしさ〟ってどんな感じですか？」

「赤帝寮は、やる気のあるやつが多いらしい」

「やる気、か……他はどうなんです？」

「黒帝寮はマイペース、青帝寮は気性が激しい、かな」

灯里は聞きながら、同じ教室のクラスメイトたちを思い返す。皆、それぞれの寮らしさを有しているように思える。

確かに、伊吹の言うとおりのような気がした。

それに、落ちこぼれの灯里と、学年首席の涼介……一見、共通点がなさそうなふたりが同じ赤帝寮なのも、『やる気がある点』が似ているからと言われれば、何となく納得できた。

「伊吹先輩も、やる気ありますもんね」

「あれ？　そう見える？」

「あー、伊吹先輩っていうか……式神の鳥が」

灯里のその言葉に、伊吹は目をぱちくりさせた。

それから、珍しく照れたように頬を掻いた。ちょっと赤くなっている。

「俺は、伊吹先輩の式神にやる気とか真剣さを感じますけど」

「そうなんだ？　術者がこんな感じなのにね」

「どっちも先輩だなって感じてます」

「んんー、自分で灯里くんに講釈を垂れた手前、否定しにくいなー……」

やっぱりあるのだ、と灯里は思わず笑みを零した。

のらりくらりとして、飄々《ひょうひょう》としていて……そういう印象の伊吹だが、やる気がないわけでもなければ、真剣さがないわけでもない。

……そもそも、体育祭の練習を真面目にやっている時点で分かることなのだが。

きっと赤帝寮の他の二年生たちもそれを知っていて、彼を次期寮監候補にと言っているのだろう。

「それに先輩、今日は一日中寝てるって言ってましたけど、本当は練習してたんじゃないですか？」

「えー……寝てたよ？」

「式神の鳥を飛ばしながら寝るなんてできるんですね」

「灯里くんは、追及が厳しいね〜。んー……できなくはないみたいだけど、今の俺には、完全に眠ってる状態での使役は無理かな」

伊吹が苦笑しながら答えた。

やはり伊吹は自主練していたらしい。しかし、言い方が引っかかった。

「先輩、さっき『起きていたとも言えるし、寝ていたとも言える』って言ってましたよね？　あれ、嘘じゃないって……」

「ああ、うん。嘘じゃないんだ。半覚醒状態というか……式神の目を借りてたんだ」

伊吹が、自分の目を指差しながら言った。

その言葉に、灯里は首を傾げる。

「式神の目を、借りる？」

「そう。俺はね。式神と感覚を共有してるの」

「……先輩、たぶん今さらっとすごいことを言いましたよね？」

陰陽師学園にやって来て、まだ半年の灯里である。しかし、それでも伊吹がやっているると言ったことがいかに埒外《らちがい》の芸当かは分かった。

そんな話は、一度も聞いたことがないからだ。

けれど、それが嘘やはったりだとは、灯里には思えなかった。信じるに値するだけの式神の鳥の飛行を、現に伊吹によって目の当たりにさせられているからだ。

「あの……それ、俺にもやれますか？」

「信じるんだ？　俺が嘘ついてないって」

「伊吹先輩、俺が嵐山くんに勝負挑まれたのを言い当ててましたし。嘘とかつくメリットも特にないですよね」

「そうかな。君をからかって、反応を面白がってるかもよ？」

微笑みを浮かべて言う伊吹に、灯里は困惑する。

……その可能性は考えていなかった。

だが、改めて考えてみても、伊吹は後輩に嘘をついてその反応を面白がるような、つまらない楽しみ方はしないだろうと思う。

「先輩は……俺をからかうより面白いことを知ってると思うので」

「なるほど。それは灯里くんの言うとおりかもしれない」

伊吹は満足げに口元を綻ばせた。灯里の分析が合っていたからだろう。

「で、式神との感覚の共有……灯里くんにもできるかって話だけど。できると思うよ」

「本当ですか！」

「覚悟があれば、ね」

「覚悟？」

「なんて言ったらいいんだろう……恐れと向き合う覚悟、かな」

宙を滑るように飛ぶ己の式神の鳥を見つめながら、伊吹がそう呟いた。

灯里がちらりと覗き見たその横顔には、いつもの笑みがない。真剣なその表情は、彼の式神のツバメに似ていた。

「で、その方法なんだけど」

くる、と灯里を見て、伊吹は話し始める。

急旋回のようなその切り出し方に、灯里は慌てた。

「は、はい！」

思わず勢い込んで返事をしてしまう。だが、

「雪影先生に訊いてみてよ」

伊吹から返ってきたそんな答えに、灯里は固まった。

何だか肩透かしを食らったような気分になったのだ。

「ええと……それは……」

「ああ、ごめん。教えるのが嫌だとか面倒だとか、そういうことじゃないんだ」

怪訝な顔をした灯里に、それは誤解だ、というように伊吹が小刻みに両手を振ってみせた。

「俺から灯里くんに方法自体は教えられる。意外と簡単だからね。けど、簡単さに反して、とても大事なことを考えなきゃいけない。だから、俺から教えるのは微妙だなって……君があとから後悔しても、俺には責任取れないし」

「雪影先生ならいいんですか？」

「君の師匠だし、無責任をすでに宣言している俺よりは、責任を取ってくれると思うよ」

軽く言い放った伊吹に、灯里は苦笑する。

……雪影がこの会話を聞いたら、どんな顔をするだろう。

「それで、颯真のことだけど」

伊吹が急に話を戻した。

嵐山の本名を聞いたばかりの灯里である。何の話かと理解するのに、時間差が生じてしまう。

「あっ、と……はい、嵐山くん、ですか？」

「式神レースでの勝負、俺は灯里くんを応援してるから」

「本当ですか」

「灯里くんは俺と同じ赤帝寮チームだ。灯里くんがよりいい成績を残せば、チームの優勝に近づく。応援するのには、十分な理由だよ」

「なるほど……でも、親戚なのに？」

「親戚だから、かもね。個人的に、あいつの負けて悔しがる顔が見たい」

にこにこしながら話す伊吹に、この先輩怖いな、と灯里は震えた。同じチームでよかったと思う。

「ってわけで、練習しようか」

「あっ、はい！　お願いします！」

伊吹がすっくと立ち上がったので、灯里も慌ててそれに続く。

恐らく伊吹は身体能力もかなり高いのだろう。身のこなしに無駄がなく、立ち上がる際にも重力を感じさせなかった。彼の自負する器用さが、ここにも活きているのかもしれない。

「じゃ。今日はコースを見て回ろっか」

「え、式神の鳥を飛ばすんじゃなく……？」

「うん。俺たちが自分の足で」

「一度、案内はしてもらいましたけど」

「人間の目線での案内はね。視覚を共有する、しない、にかかわらず、鳥の目線で見ておこうって話さ」

「鳥の目線で……はい。分かりました」

伊吹の説明に、灯里は納得した。

自分の式神の鳥がなぜボロボロになってしまうのか、どこで何が障害になっているのか、鳥の目線で見れば分かることがあると思ったのだ。そして、念によって式神の鳥にコース上の危険性を伝えられるかもしれない、と。

大銀杏の木陰から、式神の鳥を引き連れて伊吹が出てゆく。そのあとを灯里も追いかけた。


灯里は伊吹を追って、改めて学園の外苑を歩く。

草木が生い茂り、森の一部のようになっている場所だ。

「この場所、鳥になったつもりで見てみて」

先を歩く伊吹が、前を見たまま言った。

その言葉に、灯里は目を凝らす。

「鳥になったつもりで……」

灯里は、自分の式神の鳥を思い出す。

手のひらに載るような小さなオカメインコ。それがこの場所を飛ぶのだ。地に足をつけず、翼を広げて空中を進む……。

「……あ。そっか」

灯里は思わず声を上げた。

伊吹が振り返る。

「何か気づいたみたいだね？」

「道、たくさんあるんですね。俺たち人間みたいに、地面の上だけじゃないから」

灯里は足元を見て答えた。

改めて顔を上げる。

鳥は、目の前のこの空気に満ちた間隙、すべてを使って進むことができる。

だから障害物は、身の丈より下にあるものだけではない。

ずっと上のほうにある木の枝なんかも進路を妨害する。逆に下にあるものでも、人間にとっては障害にならないものが鳥にとっては違う。

無造作に地から生えた単子葉の長い草はよく切れる刃だし、〝ひっつきむし〟などと呼ばれる服にくっつく棘《とげ》のある種子は、高速で飛ぶ式神の鳥にとっては剣山にもなり得る。

「そう。これを避けて飛ぶんだ。そうしないと――」

「俺の式神の鳥みたいに、ボロボロになっちゃうんですね……」

「よく分かったみたいだね」

ため息交じりに言った灯里に、伊吹が苦笑した。

「で、式神レースでは、これを避けながら、さらにより速く飛ばなきゃいけないんだよね」

「……改めて考えたら、難しくないですか、この競技」

「そうだね。途中で脱落する式神も毎年いるけど、一年生には特に酷かもね。時々、他のチームから進路妨害されたりもするし」

「えっ!?　アリなんですか、それ?」

「ルールに反則とは定められてないからね……まあ、うちの学園だけの体育祭なら、穏便なほうだと思うけど。西校とのレースは大変だったな～」

笑いながら話す伊吹だが、その目がどこか遠い。

伊吹は、前回の東西校の対抗試合に出ていたらしい。口では軽く話しているが、本当に大変な思いをしたのかもしれない、と灯里は何となく察した。

それから、灯里は鳥の視点を維持したまま、伊吹と共にコースを歩いた。

しな垂れている木々の枝葉、絡み合った蔦、不意に横殴りに吹きつけてくる突風、小さな羽虫が積乱雲のように群れる蚊柱、水流と地形のせいで水が跳ねる川面……進路を妨害するものをひとつひとつ確認していく。

その時、視界にツバメが入り込んできた。

木々の間を飛んでいるその姿を思わず追って、ふと灯里は気づく。

「あの、伊吹先輩」

「ん？」

「先輩って、式神の鳥、出しっぱなしですよね」

灯里がこれまで伊吹と会う時、彼の式神の鳥も必ず一緒だった。

会う時は、式神レースの練習のためだ。だからチームでの集合や練習する前に予め出しているのかと思ったのだが、むしろ出していない伊吹を灯里は見たことがなかった。

寮の中ですれ違ったこともあるが、その際も制服の一部であるかのように、肩に載せていたと思う。

二年生になると日常生活でそれが必須になるのか……と灯里も考えたのだが、他の上級生で同じようなことをしている人は見たことがなかったので、どうやら伊吹だけの習慣のようだった。

「そうだね。出しっぱなしにしてるよ。式札が劣化してきたなって時は、交換のために引っ込めるけど」

「疲れたりしないいんですか？」

式神の鳥は、術者の力を使って生み出されている。

そして、一度生成した式神は、その存在を術者の力を糧にして維持する。術者は常時、力を吸い上げられているような状態になるのだ。

だというのに、伊吹はずっと涼しい顔をしていた。集中力が切れて式神が式札に戻ってしまうこともなさそうだった。霊力は並みかそれ以下程度だという彼の話が本当なら、さらに難しくなるはずだ。

当然、灯里には真似できないことである。

そういう意味では、夏休みの間に実家から学園まで式神の鳥を飛ばしてきた涼介は、やはり学年首席を狙うだけの実力者だといえよう。さすがに『根性がある』の一言で片づけることはできない。

「んー、疲れたり……は、しないかな」

宙を見て少し考えたあと、伊吹はそう答えた。

灯里は思わずため息を零す。

「はあ……すごいですね……」

「いや、すごいわけじゃないんだ。他をセーブしてるからできるってだけ」

「他をセーブ、ですか？」

「うん。負荷に対する心身の許容量って、多かれ少なかれ、誰しもあるものじゃない？

だから、どこかで頑張ったら、どこかは緩める……そうやって、俺はやりくりしてるんだ」

「じゃあ、伊吹先輩は、式神の使役を頑張ってるってことですか？」

「どうだろう？　こいつを出してると安心するから、好きでやってるってだけかもしれない」

伊吹はそう言いながら、片手の人差し指に留めた式神を器用に他の指で撫でる。

生きている動物を愛でるようなその手つきから、彼が式神の鳥とよく向き合ってきたことが窺える。

伊吹のその様を見ているうちに、灯里はそれが正しい努力のような気がしてきた。

「……俺もやってみようかな」

ぽつりと呟く灯里に、伊吹が眉を上げた。

「それは、やりたいから？」

「えっと……やったほうがいいかなって。俺も伊吹先輩みたいに式神の鳥を飛ばせてやりたいので」

「なら、お勧めしないかな」

「え。どうしてですか？」

「俺は好きでやってるからいいんだ。だから、つらいとか感じない。でも、そうじゃない人にはきついと思う。ずっと気張ってたら、しんどいよ？」

「それは……でも……」

気張らないわけにもいかない、と灯里は内心で続ける。

適性試験を通過して学園に残留できたとはいえ、現在、灯里が学園の落ちこぼれであることに変わりはない。そんな状況において、式神の鳥の生成と使役は、灯里にとって他の生徒たちに引けを取らないと自負できる唯一の陰陽術だった。

……だから、負けたくないのだ。同じ学年の人間に、これだけは。

「まあ、しんどそうなやつは、君だけでもないいんだけどね」

苦笑する先輩に、灯里は首を傾げた。

伊吹は一体、誰のことを話しているのだろう？

と、不意に灯里の脳裏を過る顔があった。

「もしかして、あいつ——嵐山くんのこと、ですか？」

灯里に対して突然絡んできた相手……そして、伊吹の親戚であり、同じ木の一門の次期宗主候補。

灯里のその直感は当たっていたらしい。伊吹が頷いた。

「うん。颯真のことだね。あいつは、しんどそうだよ。ずっと」

「そう、なんですか……」

「颯真はね、あれはあれで大変なんだ。あいつは――いや、人の生い立ちなんて、おいそれと本人以外が話すべきじゃないね」

「ああ……そうかもしれません」

「颯真本人から聞いてみてよ」

「えっ？　嫌ですよ」

「面白いかもしれないよ？」

「めんどくさいです。関わりたくない」

「あいつも結構、関わると楽しいやつだと思うけどね」

「伊吹先輩が楽しくても、俺は結構です。親戚の先輩にこんなこと言うのはどうかと思うんですけど、第一印象から最悪なんで」

「そっか。そりゃあ残念」

伊吹が笑いながら肩を竦めた。

灯里も、嵐山に関してまったく興味がないわけではない。

なぜ雪影の弟子になりたがっているのか。いつも灯里にするように他の人にも刺々しく突っかかっているのか。どうしてそういう性格になってしまったのか。それで学生生活に支障はないのか……。

……それが気になるのは、自分に似ているからだ。

灯里には、その自覚があった。

嵐山は、灯里に似ている。

女みたいだと言われた時に――それ以前に、言われないように――周囲に対して、まるで威嚇するような態度を取っていた自分。最近すっかりそういうことを惹起《じゃっき》する不快な事象がなくなったので忘れていたのだが、そういうちょっと前の自分と嵐山が重なった。

あの時の灯里は、自分を守ろうとして、強く見せようとして、過剰に気を張っていた。

嵐山も、同じなのかもしれない。そんな自分と……。

（……いや。俺と重ねるのは、違うよな）

嵐山に湧きかけていた親近感を掃うように、灯里は頭を振った。

何も知らない相手なのだ。

勝手に想像して、自分と同じなんだと思う必要はない。共感も同情も不要だ。あいつは俺にとって厄介なだけの相手で、あいつの生い立ちや苦労なんて、俺には関係のない話だし――。

灯里がそんな風に物思いに耽《ふけ》っていた時だった。

「あ」

伊吹が声を上げたので、灯里は物思いから我に返る。

コースも終盤に差し掛かろうという学園東側、森に呑まれたような外苑を進んでいた時のことだった。

伊吹が見る前方に灯里が目をやると、ふたつの人影が確認できた。

奥にひとつ。背がすらりと高い。

それを物陰から窺うように、もうひとつ。こちらは小柄である。

しかし、どちらも灯里には見覚えのある顔だった。

「雪影先生と……」

「颯真だね」

奥にいるのが雪影だ。

それを手前の物陰から嵐山が覗き見ている。

「……あいつ、何やってるんでしょうか？」

「とうとう雪影先生のストーカーになったのかなぁ」

「えっ……」

「冗談だよ」

伊吹がけらけらと笑う。

灯里は複雑な気持ちだった。

一瞬、最近よく感じる視線と、嵐山が自分をつけ回していたらしいことを同時に思い出したからだ。そのため、本当に雪影のストーカーでもおかしくないな、と考えてしまったのである。

そのせいだろうか。

例の視線を感じている時のように、灯里は妙に落ち着かない気分になった。ここから離れたいような、身を隠したいような、そんな居心地の悪さを覚える。

と、そんな灯里の内心など知らぬ伊吹が、気配を潜めながら嵐山の背後に向かって歩き始めた。

「やあ」

灯里も困惑したままだったが、仕方なくその後を追う。

「うわっ」

耳元で声をかけられて、嵐山は悲鳴のような声を上げた。

距離を取り振り返った彼は、伊吹の顔を見て胸を撫で下ろしたかのように息をついた。

「はあ……なんだ、蒼かよ……」

「灯里くんもいるよー」

嵐山の視線が伊吹の後ろにいた灯里に向く。

瞬間、嵐山の顔が険しくなった。

「ああっ、遠山灯里！　お前、なんでこんなところに！」

「いや、それ、こっちの台詞《せりふ》なんだけど」

「俺は自主練中に雪影先生を見つけて、己の幸運を噛みしめてたところだ」

なぜか自慢げに言う嵐山に、灯里はちょっと引いていた。

……彼の雪影に対する感情は、少し重すぎやしないだろうか？

同時に、疑問に思う。

どうして嵐山は、こんなに雪影に心酔しているのだろう？

「……で、幸運を噛みしめてるだけなの？」

灯里が尋ねると、嵐山はきょとんとした。

まるでそれ以外の選択肢は最初からなかったかのようだ。

「どういう意味だよ？」

「話しかけないのかなって」

「先生、仕事中だろ。邪魔できるか」

嵐山の言葉に、灯里は面食らった。

予想外に常識的な答えが返ってきたからだ。

「……なんだよ、その顔？」

「思ったより、まともな人なのかなと思って……」

「ああ⁉　お前、喧嘩売ってんのか⁉」

荒ぶり始めた嵐山に、対応を間違えた……と灯里が後悔していた時だった。

伊吹が、嵐山の肩をちょいちょい、とつついた。

「颯真、颯真」

「なんだよ蒼、邪魔すんな――」

「見てるよ。先生」

嵐山の肩をつついた指を道の奥へ向けながら、伊吹が笑顔で言った。

その指の示す先を、嵐山と共に灯里も視線で追う。

雪影が、こちらを見ていた。

一体あなたたちは何をやっているのでしょう……と、少し辟易《へきえき》した顔をしている。ここまでの会話は、雪影に全部聞かれていたのかもしれない。

「皆さんお揃いで、どうしたんですか？」

「式神レースのコースの確認です。ね、灯里くん？」

「はい」

「颯真もだよね？」

「……ソ、ウデス」

嵐山はカタコトだった。

雪影を前に、緊張しているらしい。肩にもガチガチに力が入っている。

威勢がよすぎるほどだった先ほどまでとの変わりように、灯里は絶句した。

「先生こそ、どうしたんですか？　こんなところで」

奇怪なものを見たような心地になっていた灯里の傍ら、伊吹はいつもどおり余裕のある口調で雪影と話を続ける。

「学内の点検ですよ。体育祭の前ですから、異常がないか確認しているところです」

「俺たち生徒のために、先生方も大変ですね～。もしかして毎年やってらっしゃるんですか？」

「ええ、まあ」

伊吹に答えた雪影に、灯里は一瞬、違和感を覚えた。

わずかに返答を躊躇《ためら》うような間があったような気がしたのだ。

だが、伊吹は特に気にした風でもない。嵐山に至っては、気にする余裕もなさそうだが……。

灯里は、自分の気のせいだと思うことにした。

鳥の気持ちになっていたところで嵐山に遭遇し過敏になっているのだろう、と。

「あのー、雪影先生。その点検ってまだ結構かかります？」

と、伊吹が雪影の顔を覗き込んで尋ねた。

にこにこしている生徒を前に、雪影は表情を変えずに尋ね返す。

「どうしてそんなことを？」

「もしお暇なら、久しぶりに式神で勝負して欲しいなって思いまして～」

「式神で勝負……レースですね。半年ぶりでしょうか」

「はい。灯里くんもそう言ってますし。ねえ？」

「えっ、俺ですか？」

突然話を振られて、灯里は狼狽えた。

雪影がじっと見てくる。そうなのですか？　と問うかのように。

「あー……いやでも、先生まだ忙しいんじゃないですか？」

「そうだぞ蒼、雪影先生はお忙しいんだから無茶言うなって！」

嵐山に同意されて、灯里は複雑な気分になる。こいつに会ってから感情がめちゃくちゃだ……。

灯里がそんな風に内心で困惑していた時だった。

「いいでしょう」

雪影がそう言った。

灯里は目をぱちくりさせる。

「いいんですか」

「いいからいい、と言ったのですが。点検も、ちょうど終わったところですし……さて、伊吹さん。どうします？」

「せっかく先生と勝負できる貴重な機会なわけですし、体育祭本番で使うコースでお願いしたいですね。具体的には、大銀杏からスタートで」

「いいでしょう」

ひとつ頷き、雪影は歩き始めた。

スタート地点でありゴール地点である大銀杏は、人の足でもここからなら五分とかからない。伊吹と灯里、それから嵐山もついてきた。

その大銀杏の木まで戻る間のこと。

「灯里さん」

雪影が、灯里に声をかけてきた。

背後から嵐山の念のようなものを感じたが、灯里は気にせず「はい」と雪影の呼びかけに答える。

「どれくらい学んだのか、見せていただきましょうか」

よく見ないと分からないほど微かにだが、雪影は話しながら口角を上げていた。

……弱ったな、と灯里は気が重くなる。

雪影は、ただの暇潰しに式神レースをしようとしているわけではない。灯里の練習の成果を見ようとしているようだ。

確かに伊吹との練習で、灯里の式神使役は以前より上達した……はずだ。

だが、雪影が期待している段階まで成長できているかというと、まだ自信はない。

「ところで、颯真はやるの？」

伊吹が最後尾を歩く嵐山に近づき、囁くような小声で尋ねた。灯里には届いているが、先をすたすた歩いてゆく雪影の耳には入らないだろう。雪影に聞かれたくなさそうな嵐山へ配慮しているようだった。

「えっ、あっ、俺は——俺は、いい」

現に嵐山も、これまでで一番の小声で答えた。そして、ふいっ、と拗ねたように伊吹から目を逸らす。

「そう？　もったいないな～。雪影先生と勝負できる機会なんて滅多にないのに……本当にいいの？」

「いいって言ってるだろ。男に二言はねえよ」

「じゃあ、見ていく？」

「……お前らのいないところで見る」

「そっかぁ。分かったよ」

突っぱねるような嵐山の返答に、伊吹が軽い調子で答える。前向きで好意的な反応など、別に端《はな》から期待していなかったとでもいうように。

だが灯里には、そんな伊吹が少し寂しそうに見えた気がした。

親戚で、小さい頃からよく知っている……そう伊吹は嵐山について言っていた。『負けて悔しがる顔が見たい』などと言っていたが、本当は気にかけているのかもしれない。

「ゆ――雪影先生、俺はここで失礼しますっ！」

大銀杏に着くなり、嵐山は敬礼でもするように背筋を伸ばしてそう言った。

「嵐山さんは、参加しないのですか」

「は、はい。ええと――そう、所用がありましてっ」

「そうですか」

「…………あの、先生」

「はい。なんでしょう」

「俺……体育祭でそこの遠山灯里に勝ってみせますから！」

嵐山はそう雪影に宣言した。

それから、キッ、と灯里をひと睨みすると、雪影に頭を下げて突風のように走り去っていった。

「……だ、そうですよ灯里さん。嵐山さんと勝負するんですね」

「えーと……そう、みたいです」

「意気込みのほどは？」

「え」

「言われっぱなしですか」

「……そんなわけないじゃないですか。俺が勝ちます」

「では、私には？」

「え……か、勝ち……ます」

「伊吹さんはどうです？」

「えー。そうだなぁ……先生には、勝てたらいいなぁとは思ってますよ。ずっと」

にこっと笑みを浮かべて、伊吹が雪影に答えた。

だが、その目は、穏やかな表情とは裏腹に、ぎらりとした鋭い光を宿している。

「そうですか。では、そのつもりで私もやるとしましょう」

雪影はいつの間にか取り出した式札を手に、呪文を唱えた。

「我が翼と成れ――急急如律令」

ピッ、と宙を切るように投げられた式札が、空気に溶けるような滑らかな動きで純白の美しい鳥に姿を変える。

相変わらずきれいに飛ぶなぁ……と灯里が見惚れていた時だった。

「灯里さん。呆けていないで、早く準備なさい」

「あっ――はいっ」

雪影にぴしゃりと言われて、灯里は慌てて式札を取り出した。

同じように式神の鳥を生成するも、やはり雪影のようにはいかない。伊吹は式神の鳥を常に出しているので、すでに準備万端のようだ。

「では、本番と同じにしましょうか……灯里さん」

「はい」

「あなたの鳥は、そもそもの鳥種からして、スタート時に難儀するでしょう。集中して、決して意識を散らさないように」

「え、難儀？　そうなんですか？」

「他校の体育祭では、陸上競技などでスタートの合図にピストルを鳴らすと思いますが、あのような音を本番のスタート時には鳴らします」

言われて、灯里は思い出した。

灯里の式神の鳥は、オカメインコの姿を取っている。

そして式神の鳥というのは、姿だけではなく、その鳥種の性格や性質も得ている。

オカメインコという鳥は、基本的に温厚で優しく、群れで暮らしているため仲間想いであり――そして、臆病だ。

以前、自分の式神の鳥に興味を持った灯里は、オカメインコについて調べたことがあった。その際、突然の大きな音などに激しいパニックを起こしやすい性質があることを知った。パニックを起こした場合、反射的に飛び立ってしまうというのだ。

灯里の式神のオカメインコも、やはり臆病だ。

しかし適性試験の際に、鬼や怨霊に怯えこそすれど命じた目的は果たしてくれたし、雪影の激しい呪術を目の当たりにしても、パニックを起こして飛び立ったりはしなかった。灯里の首元にくっつくようにして、大人しくその場に留まっていたのだ。

だから、雪影に忠告されてなお、灯里は思っていた。

……俺のは大丈夫なんじゃないかな、と。

それが誤りだと分かったのは、雪影と伊吹との式神レースがスタートした瞬間だった。


後悔というのは、文字どおり後で悔いるもので、先には立たない。

それを今まさに灯里は実感していた。

雪影が何かの霊符を放ち呪文を唱えた直後のことだ。

鼓膜を震わせるような破裂音がしたと思った瞬間、灯里の式神の鳥は、打ち上げ花火のように真上に飛び上がってしまった。

パニックを起こしてしまったのだ。

何とか集中して念を送り落ち着かせたが、その頃には、すでに雪影と伊吹の式神は見えなくなっている。灯里の式神の鳥はそれでも必死に追っていったが――数分後、散々な結果が訪れた。

「あ――――ちくしょう、全然速すぎる～！」

叫んだのは、伊吹だ。

勝負に本気で挑んだ赤帝寮チームのエースだったが、雪影に大差をつけられての二着だった。それが非常に悔しかったらしい。伊吹の叫びは、灯里が今まで聞いたことのない大声だった。

周囲で競技の練習をやめてレースを見ていたらしい他の生徒たちも、興奮冷めやらぬ様子でわいわいと賑やかな声を上げている。それほどまでに、雪影の式神の鳥の飛行は鮮烈を極めていたのだ。

その一方、灯里は声が出せなかった。

それほどまでに、呆然としてしまっていたからだ。雪影の式神の飛行に見惚れたからではない。自分の惨状に対し、途方に暮れていたのである。

「まったく……だから忠告したんですよ」

呆れたような冷たい声音で、雪影が正面に立ちそう言った。

灯里は、何も言い返すことができない。

スタート直後の大幅な遅れもあり、周回遅れのような結果を招いた……それは紛れもなく自分の甘さ、油断のせいだという自覚があったからだ。

「まあまあ、先生。灯里くんは、それでもよく持ち直したと思いますよ」

「本番では持ち直す状況になった時点で勝負から弾かれます。違いますか、伊吹さん」

「いやぁ……仰るとおりで」

後輩を庇おうとした伊吹だが、雪影の言葉には同意するしかないようだった。すぐに引き下がった。

「すみません。過信してました……」

やっとの思いで、灯里はそう口にした。

大丈夫だろうと思った。思い込んでいたのだ。

そのせいで、みっともないレースをしてしまった。

もし、これが本番だったら。嵐山との勝負だったら――。

「本番じゃなくて、よかったですね」

淡々と話す声に、灯里は俯きかけた顔を上げる。

雪影が、灯里を静かに見つめていた。

「俺……本番では、気をつけます。俺の式神が怖がりだって、分かったので……」

「本当に、〝きちんと〟分かったと言えますか？」

「え……と……それは……」

反省の言葉を口にした灯里は、雪影の追及に答えられない。

きちんと、とはどの程度なら言えるのだろう？

考えてみても、灯里にはハッキリと分からない。灯里が式神の鳥について『分かった』と言ったことは、あくまでも『怖かったのだろうな』というただの予想にすぎない。

「……言えない、と思います」

悩んだ末に、灯里は正直に答えた。

式神の鳥の恐怖、それを自分はきちんと理解したのではない。理解した気になっただけ……そう思い直したからだ。自分は、式神の鳥がパニックを起こして空中で暴れる様を見て『怖かったんだな』と思っただけにすぎない、と。

「そうだと思いますよ」

雪影は言った。

そして、項垂れる灯里を前に続ける。

「式神と感覚を共有していないあなたでは、それが限度です」

「……え？」

雪影の言葉に、灯里は目をぱちくりさせた。

雪影の傍らに立っていた伊吹が、灯里を見てにっこりしている。

灯里は、混乱からしばし師と先輩とを交互に見ていたが……やがて伊吹に言われたことを思い出した。

伊吹は言っていた。式神との感覚共有は、恐れと向き合う覚悟があればできるだろう、と。そして『雪影先生に訊いてみてよ』と。

「先生、俺、式神と感覚を共有したいです！　やり方、教えてもらえませんか！」

灯里は前のめりに雪影に頼んだ。

自分の式神の鳥が恐れからパニックになる姿を、灯里は目の当たりにした。その恐れる気持ちを分かってやれていなかったから起きたことだ。

だから、知りたいと強く思った。

自分の式神の鳥が、何をどのように感じているのかを。

「その様子だと、覚悟はできているようですね」

雪影が、小さくため息をついた。

それから雪影は、隣の伊吹をちらりと見やる。

「灯里さんにはどこまで教えたのですか？」

「ほぼ何も教えてませんね。俺ができるって話しただけで、あとは先生に訊くようにって」

「なるほど……では、教えましょうか」

雪影の発言に、灯里はポカンとした。

「え――……い、いいんですか!?」

「断られると思って頼んだのですか？　断って差し上げてもいいですよ」

「断らないでください！　お願いします！」

灯里は慌てて雪影を引き止めた。

せっかくの機会だ、無駄にはしたくない。絶対に。

と、伊吹が「あの」とふたりに声をかけた。

「俺はここで失礼します。雪影先生、ありがとうございました。次こそ捕らえてみせるので、またお暇な時にお願いします……灯里くん。次の練習、楽しみにしてるからね」

じゃあ、と言って、伊吹は手を振りながら去っていった。

楽しみに……とは、どういう意味で言ったのだろう？　感覚を共有できるようになれば、式神の鳥をより速く飛ばせるようになるということだろうか？

灯里が、そんな風に疑問に思いながら伊吹を見送っていた時だ。

「さて。では教えましょうか」

雪影の声に、灯里は弾かれたように姿勢を正す。

「はいっ、お願いします——って、先生？」

灯里は目をぱちくりさせた。

雪影がその場から歩き出したからだ。

「どこに行くんですか？」

慌てて追いつきながら、灯里は雪影に尋ねた。

向かっているのは、大白砂広場の外……校舎側である。

「墨と筆があるところです。具体的には、職員室へ」

職員室に、雪影の式札や霊符作成用の道具があるらしい。そして職員室には生徒指導室が隣接している。そこで道具を使わせてくれるとのことだった。

「墨と筆……何か書くんですか？」

「ええ。式札を書き直します」

「もしかして、式神と感覚を共有するには、式札の書き方が違うんですか？」

「いえ、書き方自体は同じです。ただ、式札を作る際に、加えるものがあります」

「加える……何をですか？」

「加えるのは、式神の〝名〟です」

雪影の言葉に、灯里はきょとんとした。

それから、実は入学以来ずっと己が抱えていた違和感に気づいた。

「名前って、付けてよかったんですね」

この陰陽師学園では、誰もが式神の鳥を使役している。

しかし、それを名で呼んでいる者はいなかった。だから、灯里も名を付けずに今日まで来たのだ。

「付けても構いません。ですが、簡単な気持ちで付けるものではない」

「どういうことですか？」

「名を付ければ、それは命を与えるということ。名を呼べば、その対象は命を得る」

説明されて、灯里は納得した。

〝命《めい》〟は、〝名《めい》〟。

命名という言葉もあるが、そもそも〝命〟の字には名付けるという意味がある。つまり、名付ければ命が宿るということらしい。

「そして式神の鳥の場合、その命の糧は術者から得ることになります。命を糧にと言っても、式神の鳥程度でしたら寿命を削られるようなことはありません。ただし、術者は式神からの影響を受けるようになります。それが式神と、五感——視覚や聴覚などを共有するということです」

「便利じゃないですか」

「痛覚もですよ」

「あ。そっか……それは、嫌……ですね」

「損傷すれば、その痛みも返ってくるのです。まあ、あなたの場合、多少痛みを覚えるほうが、ボロボロにしないように気を遣って飛ばせるようになるかもしれませんが……感覚を共有するということは、そういうことですから」

「ああ……だから、俺に覚悟があるかって……」

ようやく灯里にも理解できた。

伊吹は『責任を取れない』と言っていた。確かにこれは、おいそれと後輩に勧められる方法ではない。痛みにのたうち回ることになるかもしれないのだから。

「灯里さん。最後に、もう一度、確認します」

雪影は校舎の中、生徒指導室の前で立ち止まり、肩越しに灯里を振り返った。

「式神と命の繋がりを作る覚悟はありますか」

「あります」

灯里は、即座に答えた。

その様子に、雪影は意外そうな顔をした。

「ここまでの説明に対する反応から、もう少し迷うかと思いましたが」

「だって、ずっと思ってたんです。あいつを――式神の鳥を強くしてやりたいって」

適性試験の最中にも思ったことだ。

そして、それからずっと思い続けていたことだ。

「それに、あいつは俺だから……俺は、俺を強くするために、いま与えられた方法を使います」

「……なるほど。あなたは私の教えをよく覚えているようだ」

ふっ、と微かに笑って、雪影は灯里に背を向けた。

生徒指導室の扉を開けて、中へと促す。

「中で待っていてください。職員室から式札作成用の道具を持ってきますので」

「分かりました」

「その間に、名前を考えておいてください」

言って、雪影は生徒指導室の中にある扉から、隣接する職員室に入っていった。

ひとりになった灯里は、懐から式札を取り出した。

呪文を唱え、式神を生成する。

「名前か……」

指に留まったオカメインコ。

じっと見つめて、灯里は考える。

と、その時、オカメインコの頭の冠羽が、ぶわっと立ち上がった。

緊張していたり興奮している時の状態だ。か細い脚で、ぎゅっとしがみつくように灯里の指を握ってくる。

理由は、灯里にも分かった。

(……まただ。見られてる)

観察してくるような視線を感じて、肌がぞわりとする。灯里の反応にオカメインコも、ぶるっと羽毛を膨らませて震えた。

また嵐山だろうか。しかし、さすがに室内まで覗くなんてことは……そう考えようとした灯里だが、バッと窓辺に駆け寄った。

ここは室内だ。見られているとしたら、ここからしかない。

窓の外は、日本庭園のような中庭だ。美しく咲いた花が揺れているだけで、誰もいない。その先に見える吹き抜けの渡り廊下にも、隣接する校舎にも、灯里を監視するような人影や式神の鳥の姿は見つからなかった。

「どこから見てるんだ……」

「決まりましたか？」

そうこうしている間に、雪影が戻ってきた。

「いえ、まだ……」

「窓の外に、何か？」

「えっと、実は――」

視線のことを言いかけて、しかし灯里はそこで思い至る。

なんと伝えたらいいのだろう？

最近、誰かに見られている気がする。それは嵐山かもしれない……そう伝えれば、自分が認識している状況は、雪影に分かってもらえるだろう。

だが、嵐山ではなかったら？

嵐山は、雪影を慕っている。灯里にとってはどうでもいいことなのだが、彼の気持ちを考えると告げ口のような言葉は続けられなかった。

「――外に、何か名付けのヒントがないかなって」

「もし時間がかかるようでしたら、また後日でもいいですよ。適当に決めていいものではありませんから」

「あの。先生は、名前、付けてるんですか？」

「ええ」

「なんて名前なんですか？」

「吹雪《ふぶき》です」

言われた瞬間、灯里はあの美しい式神の鳥を思い出す。

同時に、よく合った名だ、と反射的に感じた。

「それっぽい……ちなみに先生は、なんでその名前にしたんですか？」

「あなたが『それっぽい』と言ったように、見立てですよ。あと、呼びやすい」

「そっか、なるほど……そういう感じで……」

「別に、私の決め方に寄せなくていいんですよ」

「いえ……でも、見立て……」

灯里は、じーっと自分の式神の鳥を見つめる。

黄金の羽毛は、花びらのようにも見える。羽根が逆立った時には、まるで花が開くようでもあった。

「黄色い花みたいだから……タンポポ……ヒマワリ……いや、なんか違うな……」

そこまで可憐な感じはしない。

キリッとした顔、赤い頬。嘴を背中に埋めた姿は、ふわふわの黄色い毬のように見える。

確か、これと似た花をどこかで見た気がする。

「——あ！」

生徒指導室の窓の外、風に揺れている中庭の黄色い花を見て、灯里は思わず声を上げた。

それからその花を指差し、雪影に尋ねる。

「先生、あの花って何でしたっけ？」

「菊ですね」

「菊……あ」

「決まりましたか？」

「はい。〝菊丸《きくまる》〟……それが、こいつの名前です」

灯里は、目の前の式神の鳥を改めて見る。

悪くない、と感じた。しっくりくるし、どんどん馴染んでいく気がする。

「いい見立てではないでしょうか。それに、菊は縁起のいい花ですから」

「そうなんですか？」

「我が日本では、桜と菊が国花です。そして陰陽道とも繋がりのある中国では、菊は邪気を祓い長寿をもたらす花とされています」

「へえ……」

雪影から教えられた菊の話に、灯里は思わず笑みを浮かべた。

菊について知ったのはあとからだが、何だか自分が付けた式神の鳥の名前に特別な感じがして嬉しくなったのだ。

それから灯里は、式神の鳥を札に戻し、雪影の道具を借りて名付けをした式神用に新たに式札を作り始めた。

基本的な作り方はただの式札と同じだったが、名を念じて力を込めねばならない。それがきちんとできているかを確認するために、雪影は灯里の作業が終わるまで付き合ってくれた。

（菊丸……お前の名前は、菊丸だ……）

灯里はその名を念じながら、式札に普段よりも丁寧に筆を走らせる。

自分の式神の鳥――菊丸と、感覚を共有できることを楽しみにしながら。

第五章 寮別対抗体育祭

式神の鳥との感覚共有。

願っていたそれが可能になった灯里は、生徒指導室を出たあと、すぐに作成した式札を使ってみることにした。

すでに空は夕暮れの色に染まりかけている。

その空の下で飛ばした式神の鳥・菊丸と、灯里は五感を共有した。目を閉じて、念を送ると同時に、それを糸のようにして菊丸と繋がる。

最初こそ時間がかかったが、繋がったあとは一瞬だった。

世界が、空の中から感じられた。

菊丸の目で俯瞰《ふかん》する風景が、耳で風の渦巻く音が、鼻で風の運ぶ匂いが、羽毛で空気の抵抗が、大きくはっきりと感じられる。それまで地上に立っていた自分の感覚とは何もかもが異なっていた。式神は食事をしないので味覚があるかは不明だが、きっとそれも灯里本体とは変わっていることだろう。

灯里にとって、すべてが新鮮な刺激だった。

菊丸が羽ばたき、宙を進むたびに、目まぐるしく景色が変わる。視界もずっと広い。

特に、身体が重力を振り払って浮かび上がり、そのまま何に縋《すが》ることもなく空中を飛び進む感覚は、当然だが人生で初めて覚えるものだ。

灯里の心臓は高鳴っていた。すごい、とただただ感動していた。

だが、その数分後……。

「う、ぷ……うぇ……」

強烈な吐き気に襲われた灯里は、蹲《うずくま》るのを通り越し、地面に手をついて四つん這いになり堪《こら》えていた。

胃の中身がせり上がってこようとしている。

だが、幸い練習後の夕食直前で空腹状態だ。何も出てこない。

「ですから言ったでしょうに」

傍らに立っていた雪影が、呆れたようにため息をついた。

式神との感覚共有を最初からひとりでやらせるのはまずいということで、勇み足で式神を生成しようとした灯里に雪影は付き合ってくれていた。「慣れないうちは危険ですから」と。

そんなに心配しなくても……と灯里は思っていたが、雪影の判断は圧倒的に正しかった。ひどい車酔いを起こしたようだ。三半規管が混乱したのだろう。

灯里が吐き気を堪えていると、背中に触れられる感触があった。

「一二三四《ひふみよ》　五六七八《いむなや》　九十《ここのたり》　布瑠部《ふるべ》　由良由良止《ゆらゆらと》　布瑠部《ふるべ》……」

入学式へ向かう列車の中で、雪影が灯里にかけてくれた呪文だ。

治癒力を高める呪文だと当時の雪影は言っていたが、どうやら嘔気を和らげてくれる効果もあるようだ。ふう、と灯里は息をついた。身体が楽になっていく。

しかし、そう安堵した直後。

「あれ、痛い？　いや、痛い……痛……痛い……」

灯里は呻きだした。

今度は全身の至るところが、ちくちく、じわじわ、と思い出したかのように痛み出したからだ。まるで鋭いものに刺されたり切り刻まれたり、どこかに激しく身体を打ち付けたような痛みである。

「せ、先生、今度は身体中が痛いです……なんですか、これ……？」

「あなたの式神が傷ついた際、その外部からの刺激があなたの痛覚へと送られた結果ですよ。棘に刺さり、葉で切れ、木の幹や岩にぶつかった時の」

言われて、灯里は痛みに苛《さいな》まれながらも思い出す。

初めて見る鳥の目からの世界に、灯里は感動していた。

だが、最初の数分こそ順調に飛んでいたものの、酔い始めたあたりからだっただろうか。確かに、雪影に言われたとおりのことが飛行中に起き始めた。

伊吹との練習を行ってなお、ひとりで飛べばあれだけぶつかってしまうらしい。ボロボロの姿で帰還する式神の鳥の姿から知ってはいたが、感覚を共有して実情がよく分かった。本当に可哀想なことをさせていたのだ、と。

「興奮による脳内麻薬の分泌と、感覚の混乱。その後の強い吐き気で、式神が傷ついたその瞬間には痛みを感じなかったのでしょう……今はそれを感じる余裕が出てきたわけです。よいことですよ」

「え、いいことなんですか、これ……結構、痛いんですけど……うっ」

「ですから言ったではありませんか。『気を遣って飛べるようになるかもしれませんが』と」

「確かに、言われましたけど……」

灯里は恨めしそうに雪影を見た。

『多少痛みを覚えるほうが――』と雪影は前置きしていたはずだが、この痛みを『多少』と称するのは、いささか雑すぎる気がする。

灯里はそのまましばらくの間、軽くなった吐き気と、反対に重くなった全身の痛みに耐えていた。

だが、雪影の治癒術のおかげだろうか。やがて、どちらも治まってきた。灯里は四つん這いの姿勢から起き上がり、片膝を立てて地面に座り込む。もう少ししたら立ち上がれるだろう。

「灯里さん、痛みが引いたら寮に帰りなさい」

雪影の言葉に、灯里は顔を上げる。

雪影は、雲行きでも確かめるように空を見つめていた。

「それは……また飛んだら、具合が悪くなるからですか？」

「そうではなく……いえ、それもありますが……」

曖昧な雪影の返答に、灯里は首を傾げた。

……何か、誤魔化そうとしている？

雪影に真意を尋ねようと、灯里は口を開きかけた。だが、

「この季節は、急に暗くなります。夜も冷え込む。体育祭本番まで寝込むような事態に

なっては元も子もありませんから」

「あー……そうですね。分かりました」

被せるように雪影に言われ、灯里は疑問を呑み込んだ。聞き分けよく頷く。

何だか訊いてはいけない気がしたのだ。

そもそも、訊いたところで雪影は答えてくれはしないだろうとも思った。答えてくれるなら、最初から誤魔化したりはしないはずである。

「というわけで、灯里さん」

「はい」

「あなたは式神と感覚を共有できるようになったわけですが、体育祭までに使いこなせるかどうかは、あなた次第です」

「それは……俺の努力でこの具合の悪さもなんとかなる、ということですか？」

「ええ。車は、自分で運転するほうが酔わないそうなんですよ。運転資格を持たないあなたに問う質問としてはあまり適切ではない気がしますが、なぜだか分かりますか？」

「え……自分で運転してる、から？」

「……見事なオウム返しですが、この場合はある意味、正解です」

雪影が肩を竦める。

当てずっぽうだったが、灯里は黙っておくことにした。

「車の運転者は、自分で進行方向を意識することで、身体が自然とそれに対応するから酔いにくい、と言われています。式神の鳥を自ら操作することは、今のあなたには難しいと思います。ですが、進路の予測くらいなら可能でしょう……何せ、あなたの式神なのですから」

「性格が似てるから、ってことですよね」

「というより、魂の映し鏡みたいなものですからね。ひとまず、慣れなさい。体育祭までにそれが無理なら、今までどおり普通に飛ばしなさい。それで得られるレースの結果も〝普通〟でしょう。ですが、物にしたのなら――」

「したのなら？」

「――きっと〝普通〟の結果ではなくなるでしょうね」

灯里は、その言葉に口角を上げた。

心の中に火が灯る瞬間というのは、きっとこういう時なのだろう。

「じゃあ、物にしてみせますよ、俺」

地べたから、よいしょ、と立ち上がり、灯里は雪影にそう宣言した。

「今日はもう寮に戻ります。先生、ありがとうございました」

指した。


「ええ。道中、気をつけて」

雪影に頭を下げ、灯里は寮へ向かって歩き出した。

……と、まだ眩暈がするようだ。

本当に気をつけて戻ろう……そう己の足取りを確かめつつ、灯里はゆっくりと寮を目指した。


よろめきながら進んでゆく灯里。

そのまだ小さな背を見つめ、雪影はぽつりと呟く。

「まあ、体育祭までの日数を考えると、物にするだけで〝普通〟ではないのですがね……彼の成長力に期待するとしましょうか――」

ふと、雪影は己の口から出た言葉に黙り込んだ。

今、頭の中で、何かと何かが繋がりそうな気がしたのだ。

しかし、上手く繋がらない。

……最近、考えることが多いからだろうか。

あれもこれも、と積み上がっていく体育祭の準備、それに対する〝とある懸念〟とその対策に、気を張って奔走しているからだろうか。少々、疲れ気味なのかもしれない。

何事もひとりでは限度がある。

恐らく、現在、学園の周縁に漂う妙な気配に気づいているのは、雪影ただひとりだ。

結界の点検自体は他の教師も行っているが、それは普段から決められた通常のルーティンである。体育祭が行われるとはいえ、特にいつもと異なる何かを警戒して行っているものではない。

雪影も特に、他の教師に警戒を呼び掛けてはいない。

何か警戒すべき確証があれば別だったが、雪影の直感としかいいようのない懸念である。だからこそ確信が持てず、今日まで他言せずにひとりで原因を探ってきた。他の教師たちの手を煩わせるまでもないと思ったのだ。

だが、学園の敷地は広大だ。さすがにひとりでは限界なのかもしれない。

それに、何かが起きてからでは遅いのだ。抱いた懸念は、いつ形を成すか分からない。

まさに今かもしれないのだから……。

「……私ひとりで十分だ、と思っていたんですがね」

呟いた雪影の耳元で、懐かしい声が蘇る。

――『それは傲《おご》りというものだよ、雪影』

かつて陰陽寮にいた時代、雪影は自身の恩師にそう指摘されたことがあった。

なんでもできる。ひとりでできる。だから、ひとりきりで大丈夫だ……重要な任務も雑務も、そんな風にすべて単独で背負い込んでいた当時の雪影は、恩師の指摘に同意しかねた。

他人の手を煩わせるまでもない。自分ひとりで十分だろう、と。

だが、それができたのは、失敗しても、こなしきれずとも、自分のみが泥を被ることで処理できたからである。

しかし、学園の教師となれば別だ。

単独行動の代償は、己に降りかかるのみではない。

他の教師たちに迷惑がかかる。生徒たちの安全も懸かっている。それに、

「生徒には要求しておいて、自分がやらない……というのは、ちょっといただけませんよね」

誰に言うともなく、雪影は呟いた。

頭を過ったのは、教え子——遠山灯里のことだ。

体育祭の競技が決まったことも、灯里は律義に報告にきた。

その灯里が、今の自分と同じように違和感や懸念を抱えている状態で、もし何も報告してこず、その上で何かよくないことが起きてしまったら……。

「……説教ものですね」

そう考えれば、自分が取るべき行動についての答えは、自ずと出るというものだ。

ため息をひとつ、雪影はその場から歩き出した。

ここ最近の雪影は、懸念を払拭するため、夜の帳《とばり》が下りきるまで学園の内外を歩き回っていた。だが、今日はその行動を改めることにした。

今から向かうのは、学園長室である。

雪影は、この学園の責任者である土御門《つちみかど》学園長を頼ることにしたのだ。

何かが起きてからでは遅い、最悪の事態を避けるために。

体育祭まで残り三日。

本番が近づく学園の中は、数日前よりも賑々《にぎにぎ》しく、忙《せわ》しない。

灯里たち式神レースの参加者がそうであるように、他の競技の参加者たちも練習が大詰めになってきているようだ。放課後は元より、休み時間の合間を縫って練習する者もいる。そのせいもあってか、昼休みにも上級生と一緒に過ごしている一年生の姿が見られるようになった。以前にはなかった光景だ。

〝先生倒し〟という競技参加者たちに至っては、出場を予測された先生の弱点を探ろうとチームでその後を付け回っていた。だが、ほとんど成果は得られていないようだ。すでに生徒を返り討ちにしている教師もいるというから恐ろしい。

体育祭をよそに行われている通常の授業にもその影響はあって、近頃の座学は居眠りで注意される者が後を絶たなかった。日中のポカポカした日差しと涼しい秋風が、心地よく睡魔を誘うのだ。灯里もよくうつらうつらしていたが、優等生の涼介が寝落ちしていたのには教師も含めクラス中が驚いていた。

だが、放課後になると、皆、パッと目が覚めるらしい。

籠から解き放たれた鳥のように、教室を飛び出した生徒たちが学園の各地で練習に精を出し始める。

生徒たちのそんな姿を、教師陣も苦笑交じりに見守っていた。

さて。灯里が式神との感覚共有を覚えてから、四日が経とうとしている。

あれから灯里は、感覚を共有した式神・菊丸を飛ばす練習に精を出し続けていた。

ただ宙へ送り出して終わり、ではなくなった。飛んでいく式神の鳥を残された地上から見送る必要もなくなった。

「自分が一緒に飛んでいるようなものだからね」

感じた変化を告げた灯里に、伊吹はどこか嬉しそうにそう言った。

灯里は、感覚を共有したあとの吐き気も、翌日には克服の兆しを見せていた。

実家にまだいた頃、親の運転する車の後部座席でスマホを弄《いじ》っていても酔わなかった灯里である。平衡感覚に優れているほうだったのかもしれない。もしくは、前日に雪影がかけてくれた術が効き続けていたのかもしれない。

ともかく、覚えて三日目には、灯里はなんとか酔わずに感覚を共有できるようになっていた。

レースで使えるかどうかは、まだ分からない。

だが、使える可能性は消えていない。

菊丸と感覚を共有した状態でレースに挑む——灯里は、そのつもりで練習を続けた。

後輩の覚束《おぼつか》ない練習に付き合ってくれている伊吹も、「それがいいんじゃないかな」と笑顔で前向きな反応をくれた。「だって、そのほうが面白いから」と。

しかし——。

「痛ったぁーっ！」

赤帝寮の前庭や白砂の広場で、連日、灯里の悲鳴が響き渡る。

それを伊吹は苦笑交じりに聞いていた。

「あちゃ～だいぶ強くぶつかったねぇ。大丈夫？」

「大丈夫かは分かりませんが痛いですっ……！」

「速度、上げたよね？」

「え？　あ、はい。上げました」

「そっか、そっか。じゃあ、判断を早めに式神へ伝えないとね」

「早めに伝える……？」

「こっちが速度を上げたら、障害物が近づいてくるのも速くなるから」

「あ、そっか。それで遅れたのか」

なるほど、と灯里は納得してポンと手を打った。

その様子を見ていた伊吹が「へえ」と感嘆の息を漏らす。

「『それで』ってことは、意思を伝えることはできるんだね」

「え？　……言われてみれば、できているような？」

灯里は首を傾げた。

確信はない。だが、思い返せば、伝わっていると感じられる瞬間が飛行中に何度かあった、気がする。

「灯里くん、たぶん、できてるよ」

「本当ですか？」

「俺の式神の鳥の視点で見てた感じね。あ、いま指示が来たんだな、って思うこと、何回かあったからさ」

式神との感覚共有が可能になってから、伊吹は灯里の前を飛ぶのではなく、並走するように飛んでくれるようになっていた。飛行するコース取りを灯里と菊丸に任せてみようということになったのだ。

「なるほど、じゃあ、これでいいんだ……って、いやいや、もっと早くしなきゃいけないんだな。うん、もう一回やってみま――あ……」

「えっ、ちょっ、灯里くん!?」

急に眩暈がして、灯里はそのまま地面に倒れた。

ちょうど木陰の中だったので、空は見えず、代わりに紅葉した木の葉が揺れているのが見える。

だが、その像が二重になっていた。視界がぼんやりしているらしい。

「すみません……なんか、くらっときて……」

「あっ、そうか！　灯里くんの式神、さっき頭からぶつかってたもんな。疑似的に脳震《のうしん》盪《とう》を起こしたみたいになっちゃってんのか……えーと、どうしよう。俺の治癒術じゃ弱いし、誰か先生を――」

「まったく、世話が焼ける」

慌てる伊吹の背後から落ち着いた声が聞こえてきて、灯里はそちらに目を向ける。

気づけば、雪影が自分を見下ろしていた。

灯里の額に手を翳し、治癒術を施してくれる。

「そのまましばらく横になっていなさい。目を閉じて、深呼吸……しばらくすれば痛みごと元に戻るでしょう」

「あ……ありがとうございます、先生……」

雪影になんとか礼を言い、灯里は大の字になったまま目を閉じた。深呼吸を繰り返しているうちに、徐々に楽になってくる。

秋の風が心地いい。

それを感じているうちに、灯里は眠ってしまった。

「雪影先生。灯里くんのこと、ずいぶんお気に入りなんですね」

灯里が眠ったのを見て立ち去ろうとした雪影に、そう声をかけたのは伊吹だ。

雪影が顔を見ると、伊吹はにっこりしていた。

どうやら彼にとって、この話題は楽しめそうなものであるらしい。

「そう見えますか」

「まあ……灯里くんが倒れてから、ものの五分とかからず来てくださったわけですしね」

「たまたま通りかかっただけですよ」

「そうですか。でも、灯里くんだけ名前で呼んでるみたいだし、何だか弟に接してるみたいだなぁって」

「では、あなたと同じですね」

「え。俺ですか？」

雪影の言葉に、伊吹がきょとんとした。突然、話の矛先を自分の側に向けられたからだろう。何の話か、一瞬分からなかったようだ。

「同じ……ああ、もしかして颯真の」

「心配そうですね」

「あー……そう見えますか」

先ほどの雪影と同じ言葉を口にして苦笑する伊吹に、雪影は「ええ」と頷いた。

雪影は、伊吹と嵐山の関係を知っている。

小さい頃は仲がよかったことも……そのあと、微妙に距離を置き始めたことも。

「あの、先生。ひとつ訊いてもいいですか？」

「答えられることでしたら」

「俺が面倒見ることになるって、分かってましたよね。灯里くんのこと」

「どうしてそう思ったのですか？」

「五行の相性がよかったのもありますが、それ以上に、飛び方がそっくりだったからです。先生に教えてもらう前の、俺と……颯真と」

さあっ、とふたりの間に風が吹く。

目の前に立つ伊吹の姿に、雪影は時の流れを感じた。

大人とは異なり、子どもはすぐに成長する。雪影が学園の外で初めて彼に出会った時は、まだ頭ひとつほど小さかったはずだ。

「……嵐山邸に伺ったのは、もう五年以上も前ですか」

「たまたま俺も遊びに行ってた時でしたね。颯真が、俺と遊んでくれてた最後の年だったな」

「あなたたちは本当の兄弟のようでしたね」

「過去形なのが、ちょっと寂しいですけど」

あはは、と伊吹が苦笑する。

木の一門の彼らに再び会った時、雪影は驚いたものだ……変わらないと思っていた彼らの関係が、性質を変えていたから。

年頃の子らにはよくあることだといえば、そうかもしれない。

けれど、雪影には分かった。別の五行が強い人間が、ふたりの関係性を変質させたのだ、と。噂によると、〝金の一門〟の宗主候補と会って以来、嵐山は変わってしまったらしい。

五行説で、木と金は相剋の関係とされている。

相剋とは、抑えつける関係で、『木は金により傷つけられる』——嵐山は、その負の影響をもろに受けてしまったようだった。そして伊吹も、間接的にその影響を受けたのだろう。一緒に傷ついたようだ。

「先生のおかげで、俺は式神の鳥を飛ばすのが楽しくて仕方なくなった。特別な才能がなくて器用なだけでも、ここまでできるようになったんです……そして、颯真はあなたに憧れた」

思い出すように話す伊吹に、雪影も当時を思い出した。

陰陽寮経由で嵐山家から招致されたはずなのだが、到着するや否や、なぜか宗主から「子どもたちの相手をしてやって欲しい」と頼まれたのだ。『木の一門の宗主は代々突飛な要求をしてくる』という噂が陰陽師の間で流れていたが、雪影もこの時それを実感することになった。

とにもかくにも、雪影はそのような流れで、嵐山と、たまたま遊びに来ていた伊吹に、式神の飛ばし方を教えたのだ。

その時に感覚を共有する術も教えたが、実践したのは伊吹だけだった。

当時から恐れ知らずで楽しみを優先させていた伊吹と異なり、嵐山は「痛いのは嫌だ」と言って拒んだのだ。先ほどの灯里のように倒れる伊吹の姿を見てしまったからかもしれない。

だが、それでも嵐山の式神使役の腕は、学園の一年生の中でも随一である。やはり風を味方につける一門の宗主候補だけある、と雪影は評価していた。成長が楽しみな生徒のひとりだ。

「ありがとうございます。先生のおかげで、俺たちは今も腐ったりすることなく、この学園で学べている。あの時に先生に会ってなかったら、俺たち、どうなってたか分かりません。普通の高校に行って、めちゃくちゃしてたかも」

「あなたたちが好意的に捉えてくれているのはありがたいのですが、私はあくまできっかけを与えたにすぎませんよ」

「それでも、感謝してます。灯里くんのこともね」

地面に横たわっている灯里を見て、伊吹は言った。

「私は、彼のことをあなたに押しつけたようなものですがね」

「それでも、俺は楽しくなれたし、颯真にも火がついた。俺にとっては、いいことしかなかったですよ……ところで先生」

「なんでしょう？」

「颯真が灯里くんに勝ったらどうします？」

伊吹が、小首を傾げるようにして雪影に尋ねた。

雪影を見つめる伊吹は、目を輝かせていた。

弟のようだった存在と後輩との間で板挟みになっているこの状況に困惑することなく、心から楽しんでいるようだ。

「そうなった時に考えますよ」

答えて、雪影は伊吹に背を向けた。

と、数歩歩いてから、思い出して振り返る。

「ああ。それと、伊吹さん」

「はい？」

「伊吹さんは、自分は器用なだけだ、などとよく仰っていますが、あなたには最初から持ち得ている天賦の才があります」

「え。あの、ちなみに、それはどんな？」

「どのような状況でも恐れず楽しめること、ですよ」

その時、灯里が「んん……」と身じろいだ。

特に苦痛もなさそうな、穏やかな表情で眠っている。それを確認した雪影は、小さく安堵のため息をついた。

「大丈夫そうですね」

この様子だと、一時間ほどで目覚めるだろう。

そう判断した雪影は、では、と伊吹に言い置いてその場を離れることにした。

遠くなる恩師の背を見送りつつ、伊吹は頭を掻く。

「……まいったなぁ。やっぱりまだ全然、敵いそうにないや」

ため息交じりに呟く。

だが、背を追える強大な相手があることを、やはり伊吹は楽しく思うのだった。

灯里が眠りから覚めたのは、かれこれ倒れてから一時間後のことだった。

雪影は、とっくにこの場から立ち去ったらしい。目覚めるまで傍らで付き添ってくれていた伊吹から、灯里はそう聞かされた。

迷惑をかけたことを伊吹に謝罪し、灯里は再び練習をする前に水分補給することにした。

伊吹に断ってその場から離れると、近くの水飲み場を目指す。

学園内の水飲み場では、山の気を蓄えた湧き水が常時流れ出ている。地層の影響で自然に濾過《ろか》された清浄な水だ。人工的な手は加えられていないが、安全においしく飲むことができる。

その水を飲み、ふう、と一息ついた時だった。

「おい!」

聞き覚えのある声がしたが……灯里は、聞かなかったことにした。

この声の主には、いい印象がないからだ。

「おい無視すんな、そこのちっこいの!」

灯里は練習場所へ戻るべく、水飲み場をあとにした。

せっかく充電し直したところで、嫌な気分にはなりたくない。このまま元気な状態で練習に戻りたい。

そう思っていたのだが……。

「おい……——チビ!」

「誰がチビだっ!」

チビと言われて、灯里は反射的に振り返る。

噛みつかんばかりの勢いで睨んだ先にいたのは、予想どおり嵐山だった。

灯里にチビと言い放った嵐山だが——灯里と同じか、それ以上に小柄である。

「お前以外に誰がいるっていうんだ、遠山灯里」

「嵐山くんには言われたくないんだけど……?」

自分のことを棚に上げてよく言えるな、と灯里は頬を引きつらせる。

「颯真でいい」

「え」

「『嵐山くん』とか呼ばれると鳥肌が立つ」

「なんだよそれ？」

灯里は首を傾げた。

かつて涼介に、陰陽師は同じ苗字の人間が少なくないので名前で呼ぶことが多い、と言われて、お互い名前で呼び合うようになった経験が灯里にはある。

だが、全員が灯里を名前で呼ぶわけではないし、灯里も全員を名前で呼んでいるわけでもない。

これは入学後しばらく経ってから涼介に言われたのだが、「第一印象で、何となく苗字よりも『灯里』って感じがしたから」という理由で名前で呼んだのだそうだ。伊吹も、恐らく似たような感じだろう。

だが、灯里にとって嵐山は『嵐山』という感じだった。敢えて、下の名前で呼ばずとも、と思うのだが。

「それは、〝くん〟付けで呼ばれるのが嫌ってこと？」

「……重いんだよ、『嵐山』って苗字は」

ぼそ、と呟くように返された答えに、尋ねた灯里は眉根を寄せた。同時に、先日の伊吹の言葉を思い出す。

――『颯真はね、あれはあれで大変なんだ』

そんなの自分には関係ないことだ、と灯里は思う。

目の前の彼と自分は、喧嘩を売られて買った、という関係でしかない。彼が何を背負っていようが、何に苦しんでいようが、それでしんどかろうが、知ったことか……そうは思うのだが。

「……だったら俺も、灯里でいい」

灯里は、そう口にしていた。

先日、雪影と相対した時の嵐山の姿を思い出したからだ。

「だから、チビとか言うなよ。俺がチビなら嵐山くん――颯真もチビだ」

「はぁ？　俺のほうが背は高いだろ一センチくらい」

「ほとんど変わらないし、そんなに差もない。盛りすぎだと思う」

灯里の指摘に、う、と颯真が狼狽えた。盛りすぎたという自覚はあったらしい。

その様子を見て、灯里は肩を竦めた。

「……颯真はさ。雪影先生の前だと、態度、全然違うよな」

「は？　急に何の話だよ？」

「この前、先生に会った時ガチガチだったよなって……かと思えば、突然、俺に宣戦布告してくるし」

「う、うるせーな、悪いかよ！」

「いや。いいんじゃないの」

灯里の肯定に、颯真は目を丸くした。

それから彼は珍しく少し考えるような素振りを見せてから、小さな声で灯里に尋ねてきた。

「……悪く、ないって言うのか？」

「だって、雪影先生のこと尊敬してるから、ああいう態度になるんだろうし」

うるさいからそこはちょっと……というのは心に留めて、灯里はそう颯真に答えた。

それが功を奏したのか。颯真の心の何かを動かしたらしい。

「あの人は……雪影先生は、俺の憧れなんだ」

一瞬、灯里は自分が言ったのかと思った。

だが、それは颯真の口から出た言葉だった。

「その……颯真は、なんで雪影先生に憧れてるの？」

「そりゃお前、カッコいいからだろ」

灯里としては、もっと具体的に言って欲しかったのだが、尋ねても面倒な流れに発展しそうなのでやめておいた。それに……恐らく『カッコいいから』という言葉に、颯真の想いはすべて集約されているのだろう。

実際、灯里も似たようなものである。

陰陽師としての雪影の姿に、自分の目指す道を見出したのだから。

つまり、カッコよかったから憧れたのだ。いつか、自分もそうなりたい、と。

「……俺、颯真に負けないから」

「ああ？　俺がお前になんか負けるわけねーだろ。一体、誰を相手に――」

「ところで、なんで俺にわざわざ話しかけてきたの？　用があったんじゃなくて？」

「――って、そうだよ！　用っつーか、あるのは話だ！」

颯真は、本気で用を忘れていたらしい。

単に因縁をつけにきただけではないらしく、灯里はホッとした。というか、因縁ならすでに当たり屋のような勢いで唐突につけられ済みなのだが。

「で、話って？」

「命名したのか。式神の鳥に」

「え？　ああー……うん、まあね。なんで知ってるの？」

「蒼が言ってた……」

「ああ、伊吹先輩から聞いたのか」

情報の出どころに、灯里は納得した。

同時に、伊吹らしいとも思った。

他のチームへの内情のリーク……などではないだろう。単に面白いから、あるいは、面白くなりそうだから颯真に教えたのに違いない。

「……雪影先生に教わったのか」

「うん。伊吹先輩も、そうしてるって聞いて」

「チッ」

颯真は、不機嫌そうな顔であからさまな舌打ちをした。

それから彼は、灯里の式神を指差す。

「命名した式神は、使いこなすのが大変なんだぞ。体育祭まで、もう日もない。無駄な足掻きだ。やめとけって」

「でも颯真、今ちょっと焦ってるよね」

「焦ってねーよ！　そもそも式神の鳥と自分の感覚を交互に入れ替えれば、術者に相応の負担がかかるんだ。頭痛や吐き気だって起きてしんどいって聞くし、無理すると最悪倒れるんだからな？」

「知ってる。さっきそれで倒れた」

「げ。マジかよ。大丈夫なのかよ、それ……気をつけろよ……」

「えっと……心配してくれて、ありがとう？」

「だ——誰がお前の心配なんてするか！　蒼が前にそうなって、うちで大騒ぎになって……雪影先生の責任問題になったら困るから言ってんだよ！」

バーカ！　と吐き捨てて、颯真は突風のように去っていった。

残された灯里は、小さくため息をつく。

「……あいつ、そんなに悪いやつでもないのかもしれないな」

走り去った颯真の背を眺めながら、灯里は頰を緩めた。

颯真は、式神と感覚を共有してはいないのだろう。

雪影や伊吹から聞いたわけではないが、今し方の話しぶりからすると、実体験からの助言ではなさそうだった。恐らく誰か——伊吹あたりから聞きかじった話なのではないだろうか。

「ん……戻るか」

颯真が走り去った方角に背を向け、灯里は元来た道を引き返す。

道中、灯里は己の五感が研ぎ澄まされているような感覚を覚えた。

水飲み場に向かっていた時は倒れた余韻からか、まだぼんやりしていたのだが、帰り道の現在、普段よりも外部の刺激を強く感じる。式神と感覚を共有したあとだからかもしれない。無音になったあとで音が戻った時、やけに大きく聞こえるのと似た感じだった。

強く感じるのは、音だけではない。

光、空気のにおいや、温度。自分を取り囲む世界のすべてを普段よりも敏感に受け取っているようだ。

心地いい……灯里がそう感じていた時だった。


ぞくり。


首筋に悪寒が走り、灯里は思わず立ち止まった。

「……なんだ？」

誰かに見られているような、あの違和感。

一瞬、颯真や彼の式神の鳥の視線かと思ったのだが、彼らはすでに立ち去ったあとである。

同時に、思い至る。

薄々感じてはいたが、灯里が以前にも感じた視線は、恐らくすべてが同一のものではなかった、と。

ひとつは、颯真の式神だ。姿を目視で確認できたので、これはきっと間違いない。

だが、それとは別に、もうひとつ、正体が分からぬままの不気味な視線があった。こちらは颯真の式神とは逆に、その姿も見つからなければ、どこから見られているのかすら、いつも分からないままだ。

(……あれは一体、誰のものだったんだ?)

灯里は周囲を警戒した。

だが、何も起きない。視線も、もう感じない。

木々の葉を揺らし、肌を撫でる風があるだけだ。

汗で身体が冷えたのだろうか?　いや、そういう感じではなかった気がする……以前より強く感じられたのは、やはり感覚が過敏になっているからだろうか。

雪影に相談しようか、と灯里は改めて考えた。

だが、すぐにその考えを棄却する。

式神との感覚共有により倒れた直後だ。慣れないうちは危険だと言われていたこの技法を、即刻中止するように言われるかもしれない。

「…………………………もう一度」

考えた末に、灯里は決めた。

もう一度、この視線のような違和感を覚えたら雪影に相談する。

……だから、それまでは言わずにおこう、と。


山中にある陰陽師学園の秋は、一日一日と、日を追うごとに寒さを増していった。

しかし、学園の生徒たちの体育祭へ向けた練習は、どの競技も、気温が下がるのとは逆にどんどん熱を増してゆく。半月前にはバラバラで小さかった掛け声も、今では大きくまとまりのあるものに変化していた。

掛け声だけではない。

寮やチームごとにスタンスの違いはあるが、いずれも三年間の適性試験を通過してきた実力のある三年生が指揮を執ってきたためだろう。彼らに引っ張られる形で、当初こそ控えめだった下級生たちにもやる気が漲《みなぎ》ってきていた。

そうして学園内外、赤や黄に色づいた木々が紅葉の最盛期を迎えた頃……。

いよいよ、体育祭当日がやって来た。

「何、これ……!?」

朝、大白砂広場に向かって、灯里は仰天した。

広場を取り囲むように、階段状の観戦席が組み上げられていたからだ。

「こんなの、昨日はなかった気がするんだけど？」

「そりゃそうだよ。昨晩のうちに作られたものだし」

呆然としていた灯里に、背後からやって来た伊吹が説明した。

振り返り、灯里は眉根を寄せる。

「こんな大がかりなもの、誰が作ったんですか……？」

「式神だよ。先生方の使う、人型の」

言われて、灯里は思い出した。

式神というと式神の鳥が身近なのでどうしても忘れがちだが、陰陽師学園の中には人型の式神も存在している。学園の敷地内で清掃業務などを日常的に行ってくれているのが、それだ。

しかし、人型の式神を扱うには、高度な使役術が要求される。そのため、学園の中で使えるのは教師たちだけだった。

「人型の式神、いいよねー。私も使えたら、雑用全部やってもらうのになぁ」

三年生の女子・鏑木が、眠そうな目で言った。欠伸を噛み殺している。どうやら朝は弱いらしい。

その傍ら、彼女と組んで練習をしていた涼介が「でも」と話に入る。

「鏑木先輩、その労力って術者の霊力から捻出されるものですし、結局、疲れるんじゃないでしょうか」

「……早瀬は、そうやって理屈っぽいのがだめだと思う」

「えっ」

「今日飛ぶ時は、何も考えずにいきなよ」

言って、鏑木は再び欠伸をして、観戦席へと向かった。

と、大きな人影が灯里たちの背後に、ぬっ、と現れた。

灯里たちが振り返って顔を見れば、そこにいたのは式神レース赤帝寮チームのリーダー・谷垣である。

「席は、競技チームごとに分かれてる。俺たちの場所は——ああ、ほら、金原がいるところだ」

二年の女子・金原が、すでに観戦席に座り、控えめに手を振っていた。

とりあえず谷垣と一緒に、灯里と涼介、伊吹も観戦席につく。大白砂広場の全景が見えた。

「式神レースは、体育祭のトリ——最後だ。それまで他の競技を応援してもいいし、寝ててもいいし、ここにいなくてもいい」

「いいんですか？」

「レースに間に合いさえすればいいぞ」

谷垣の言葉に、灯里は拍子抜けする。

中学校の体育祭の経験から、何となく声を張り上げて他の競技も応援しろ、と言われると思っていたのだ。灯里の中学校は、同調圧力もそこそこ強かった。

だが、思い返せば、谷垣は基本的に個々の練習に重きを置いていたし、チーム全員での練習でも厳しく叱咤するようなことはなかった。そういう光景は、別の寮……たとえば休日もチーム練習をしていた白帝寮などで見かけることはあったが。

「谷垣先輩の印象、チームに入った当初からだいぶ変わりました」

チーム全員での練習はさほど多くなかったが、怖い先輩というより、落ち着いた大人という印象が灯里の中では強くなっていた。こういう少し踏み込んだ会話も、谷垣の人となりが分かった今だから灯里もできるのだ。

「俺は――というか、うちの寮のチームはどこもそうだと思うんだが――個人のやる気に任せることにしてるんだ。そもそもうちには、寮分けを間違えたんじゃないかってくらいマイペースなやつらもいるしな」

谷垣の言葉に、観戦席で寝ようとしていた鏑木が「谷垣、聞こえてるからね」と呟いた。伊吹は聞こえているのかいないのか、明後日のほうを見ている。

「というわけで、自分たちの競技まで自由だ。ひとつ前の競技が始まる前に、ここに集まってくれていればいい」

谷垣の指示に、灯里と涼介は「分かりました」と答えた。

とはいえ、ふたりは他の生徒がそうであったように、その後ほとんどの時間を観戦席で過ごした。

体育祭は、生徒たちを釘付けにするのに十分な娯楽要素で溢《あふ》れていたからだ。

観戦席からは、競技のたびに、同寮のチームへの声援、歓声と嘆声が入り混じるようにして上がる。

気づけば時間はあっという間に経過し、昼食休憩の時間もとっくに終わり——式神レースの始まる順番が、もう目前に迫っていた。


「よーし、時間だね」

楽しみだ、というように伊吹が観戦席を立った。

軽やかな足取りで階段を下りてゆく伊吹のあとに、谷垣、鏑木、金原、そして灯里と涼介が続く。

頑張れよ！　ぶっちぎって！　と赤帝寮の生徒たちから上がる声援を受けつつ、六人は広場に入る前に円の形になる。

「さて、本番だが……うちのチームは知ってのとおり、作戦らしい作戦はない」

言い切る谷垣に、くす、と伊吹が笑う。

それに釣られて鏑木が、金原も……そして灯里と涼介も吹き出してしまった。

リーダーからの競技前最後の話だ。真面目に聞くべき場面なのだろう。

しかし、笑ったおかげで、灯里は緊張が解《ほぐ》れるのを感じた。谷垣もそれが狙いだったのかもしれない。チームメンバーを見て、微笑んでいる。

「というわけで、個々で存分に暴れてきてくれ。ちなみに、俺は一位を狙うからな」

「もちろん私もー」

「え。谷垣さん、鏑木さん、俺もなんですけど？」

「私はみんなの勝利を横から掻《か》っ攫《さら》う。うちの子、そういうの得意だもの」

三年生と二年生の会話に、灯里と涼介は苦笑する。

他のチームと競うレースのはずなのだが、先輩たちは互いを食い合うつもりらしい。

冗談を交わしているようで、全員、目はわりと本気だ。

『レースの出場者は、大銀杏の木の下に集まってください』

学園全体にアナウンスが流れる。

競技の進行と出場者の誘導に回っているのは、人型の式神だ。ここでも一役買ってくれているらしい。その誘導に従い、ぞろぞろと各寮の観戦席から参加者が集まってくる。

やがて大銀杏の木の下に、四チーム、計二十四名の生徒が集まった。

他の学年の先輩たちに、他のクラスの同級生たち……知らない顔ばかりの中、灯里は青帝寮チームの中に颯真を見つけた。

颯真も灯里に気づいていたようだ、ジトッと睨んでくる。

と、颯真を睨み返す灯里の傍ら、涼介が眼鏡をかけ直しながら不敵に笑った。

「フフフ……僕の式神の成長ぶりを見るがいい」

在籍チームの赤帝寮からは当然なのだが、他の寮の一年生からも「委員長、ファイト！」と声援が飛んできている。

涼介に人徳のある証拠だ。そう灯里が思っていた時だった。

「灯里くん頑張れー！」「上級生にも勝ってこーい！」

灯里への声援が各所から聞こえてきて、灯里はびっくりして振り返った。

目を凝らし、こちらに手を振っている者たちを見れば、全員、覚えのある顔——クラスメイトたちだった。

「……俺のことも応援してくれるんだ」

「式神レースに関しては、灯里はうちのクラスで一番期待されてるからね」

「えっ、そうなの？」

「そうだよ、知らなかったの？」

まったく知らなかった。

というか、同学年は元より、クラスの中ですら、皆より秀でている部分など自分にはないと思っていたのに。

「同じ競技に参加する僕としてはちょっと悔しいけど、友人としてはすごく誇らしいよ……頑張ろうね」

拳を差し出してきた涼介に、灯里は己の拳で応じる。

触れ合った友人の手は、以前より傷つき、日焼けし、逞しくなっていた。この半月の間に、確かに彼も変わったのだろう。そう思わせる痕跡が見て取れる。

『これより式神レースを始めます。参加者は、前へ』

アナウンスに従い、スタートラインとなる大銀杏の木の影に参加者がぞろぞろと入っていく。その際にくじを引き、数字が小さい順に大銀杏の木から外へと整列していった。

灯里の位置は、ちょうど真ん中のあたりだ。

そして何の因果か……伊吹と颯真に挟まれる形になった。

『では、式神の鳥を』

そのアナウンスを号令に、全員が式札を構えて呪文を唱えた。

「我が翼と成れ――急急如律令！」

普段から式神の鳥を出しっぱなしにしている伊吹も、この時にはすでに一度引っ込めて、他の者たちと同じように生成していた。スタート前に改めて新規に生成するのは、過去に他の式神の鳥が代打で飛んでいたという珍事があったことから定められたルールらしい。

さて、二十四羽の式神の鳥が出揃った。

同時に、ギャアギャア、グワグワ、ピギィィイ、と賑やかな鳴き声が響き渡る。観戦席には楽しげに聞こえるかもしれないが、威嚇し合っている声だ。術者が油断すれば、ここで乱闘が起きかねない。

生成された式神の鳥は、多種多様だった。色も大きさも種も、てんでバラバラだ。

その中の一羽を見て、灯里は指にオカメインコを載せた状態で思わず呟く。

「本当に、ペンギンがいる……」

飛べない鳥も参加することはあると聞いていたが、本当だったとは。

しかも、ペンギンだけではなかった。ニワトリまでいるではないか。

「おい灯里。近づくと蹴られるぞ」

ぼんやりしていた灯里に声をかけたのは、左隣の颯真だった。

「えっと……あのニワトリの式神、知り合いの？」

「うちのリーダーのだ。目ェつけられると、やべーぞ」

そう言う颯真も、ニワトリから視線を逸らしている。

灯里がチラリと様子を窺えば、さっそく目をつけられたらしい黒帝寮の出場者がドカッと蹴りをお見舞いされていた……確かにあれは、やばそうである。

ふと、灯里の視界に、颯真の手元が映った。

彼の指先。そこに、真っ白な文鳥が留まっている。

灯里がたびたび見かけた、あの白くて小さな鳥だ。

颯真が式神の鳥を出すのを灯里は初めて見たが、やはり尾行されていたらしい。

「……颯真。俺のこと、その式神に監視させてたろ」

「は？　敵情視察だよ。情報収集は、式神の本分だろ？」

陰陽師らしいもっともな理由を真顔で言われて、灯里は何も言い返せなくなった。そう言われると、確かに、別に悪いことでもないような……と、そこまで考えて、灯里は思い出した。

捕まえ損ねた時に決意したことを。

「絶対に捕まえてやるからな」

灯里の宣言に、颯真はキョトンとした。

「そこは追い抜く、じゃね？　まあどっちでもいいけど……それより、途中で脱落とかつまんねーことすんなよ、灯里」

「颯真こそ」

その言葉を最後に視線を交わし、ふたりは前に向き直った。

開始の合図を出すスターターの役は、土御門学園長が直々に行うらしい。

それだけ、式神レースは伝統ある競技でもあるのだ。

教員席を立った学園長が悠々とした足取りで台に上るまでの間、まだ少し猶予の時間が残っていた。スタートするまでのこの時間が、逆に灯里に本番だということを意識させる。

「灯里くん」

灯里が緊張していると、右隣に立った伊吹が話しかけてきた。

にっこりと、いつものように柔和な笑みを向けてくる。その指先には、美しいツバメが留まっていた。

「緊張してる？」

「はい。やっぱり、ちょっと」

「君なら大丈夫だよ」

「先輩がつけてくれた練習の成果、全部出してきます」

灯里のやる気に満ちた言葉に、ん、と伊吹は力強く頷いた。

それから彼は少し逡巡したあと、灯里にしか聞こえない小さな声で続けた。

「灯里くん、俺はね。ずっと、風を待ってるんだ」

「風、ですか……？」

「そう。強く、激しく、すべてを翻弄するような、そういう嵐みたいな風をね。昔、子どもの頃に感じたきりなんだけどさ」

伊吹がちらりと目を向けた先は、灯里の左隣……そこには、颯真がいる。灯里たちの会話は聞こえていないようだ。

それから伊吹は再び灯里を見て、にっこりした。楽しんでいる時の笑顔だ。

「本当は、俺がやれたらいいんだけど、あいつは俺をそういう相手とは認識してなくてね……だから、君がへし折ってやってよ。あいつの無駄なプライドを」

「プライドを……」

「うん。そうしたら、あいつはたぶん、もっと自由に飛べるようになるから……頼んだ」

「……分かりました」

勝てるかどうかは、灯里にも分からない。

颯真のプライドがどういう類のものなのかも、分からない。

けれど、伊吹に頼まれたのだ。

このレース本番まで、ずっと頼りきりだった先輩からの頼み——受けないわけにはいかない、と灯里は腹を決めた。どのみち、今日これから自分がやることは同じである。颯真には、勝つつもりで挑むのだから。

『土御門学園長の用意が整いました』

そのアナウンスの声に、レースの参加者が姿勢を正した。式神たちもそれに合わせて大人しくなる。

白髪白髭《しらひげ》の学園長が、大銀杏の木の傍らに置かれた台の上に、ちょこん、と立っていた。スターターピストルでも構えるように、霊符を掲げている。

そうして学園長は笑みを浮かべたまま、遠くまでよく通る声で朗々と呪文を唱えた。

「号砲の如く響き渡れ——急急如律令」

霊符が宙に放たれた直後、

——パンッ！

遠くまで届くような破裂音が、あたり一帯に響き渡った。

同時に、一斉に式神の鳥が大銀杏の木の影から飛び出していく。

こうして、陰陽師学園・体育祭の花形競技、式神レースが始まったのだった。

大銀杏の木が作る影から飛び出した式神の鳥たちは、一斉に大白砂広場の北にある門を目指す。

先陣を切って飛び出したのは、赤帝寮のエース・伊吹のツバメだった。

灯里と最初に勝負をした時のように、風を操る真言系の呪文を使い、一気に加速したらしい。あまりの速さに、観戦席からもどよめきが起こる。

だが、他の式神も負けていない。

次点で食らいついていった大きな鳥は、青帝寮のグンカンドリだ。全身は黒い羽毛に覆われているが、喉や腹など一部が白い。

『先頭に立ったツバメは、人間社会と共存するよく知られた鳥です。一方、そのすぐ後を追うグンカンドリは、あまり馴染みがない鳥ですね！　雪影先生はこの展開、どう見ますか？』

『グンカンドリはその名が表しているように、海上で他の鳥すら襲う攻撃的な鳥です。嘴は鉤《かぎ》状で殺傷能力もあり、飛翔能力も高い。小さな鳥は、狙われたらひとたまりもないでしょうね』

『おっと、これは先頭のツバメくん、ピンチでしょうか！』

『さて、それはどうでしょう。グンカンドリは翼を広げればカモメの二倍ほどにもなりますので、障害物の多い森の中では苦戦するかと思われます』

観戦席の上に用意された実況席には、体育教師の瑞樹と雪影が座っていた。

熱意に溢れた瑞樹の実況と、それとは対照的に淡々とした雪影の解説は、意外と相性がいいようだ。珍しい取り合わせに、生徒たちも興味を持って聞いている。

さて、式神たちが北門から飛び出していくと、観戦席からは目視できなくなる。

そのため、観戦用の設備が用意されていた。

観戦席の上空に、巨大な立体映像が数枚のスクリーン状に展開されている。

これは、結界術の教師・静子《しずこ》によって生成された特殊な結界壁だ。各地の定点映像と、並走する教師の式神の鳥から送られて来る映像が、随時ここに映し出されていくのである。

これには、遠見の霊符を使っているという。

木の幹や岩肌、並走する式神の鳥など、これを貼った場所からの映像が、術者――ここでは静子だが――の元に送られてくる仕組みになっているのだ。

学園の体育祭だけでなく、陰陽師たちも古来この式神レースを好んできた。ゆえに盛り上げるための工夫を重ねに重ね、現在のような観戦のシステムが出来上がっているのである。

その中継映像を見て、生徒たちは歓声を上げる。

使役する術者は、それを間近で聞きながら式神の鳥に念を送り続ける。できるだけ速く飛ぶのだ、と祈るように……。

しかし、レースはそう穏便には進まない。

リタイアする者こそいないが、障害物を避けきれず当たってしまう式神が続出していた。観客も目を覆っている。

そして、各地で小競り合いも起きていた。

『ギャギャギャギャギャギャ！』

『ビィービィービィビィー！』

「ちょっと、だめだってば！」

「やめろやめろやめろ……いややめてくださいお願いします後生ですから……」

慌てる青帝寮チームの一年女子と、呪詛のように念じ始める涼介。

ボタンインコとコザクラインコ、ふたりの式神の鳥が縺《もつ》れ合うようにして画面の外に転がってゆく。

特に、一年生の式神はコントロールが不安定だ。術者から離れていることもあって、まるで言うことを聞いてくれない。

『互いの脚を狙っていますね！　本気の喧嘩、ルール無用のデスマッチ状態です！』

『これは、レース続行も難しいかもしれませんね』

賑やかな実況と、落ち着いた解説。出場者たちが上げる悲鳴や怒号。観戦する生徒たちのうねる波のような声援と歓声。


……それらが耳に入らないほど、灯里は目を閉じて集中し続けていた。


意識が、ここではない別の場所にあるかのように。

実際、灯里の意識は、式神の鳥——菊丸の元にあった。

感覚を共有している灯里は、大広場上空に映し出された映像を見ずとも、菊丸が飛んでいる場所が手に取るように分かる。

(避けろ……右……左…………下だ)

木々をすり抜けるたびに、草葉を避けるたびに、灯里はホッとしながらも、気は緩めない。

式神の鳥たちは、裏山を仰ぎ見て進む見晴らしのいい学園の北部を抜け、木々が林立する見通しの悪い西部の森へ。この西部で、木や草に括りつけられた所定の組み紐をそれぞれ入手する。そのあとには、ゆったりとした川が流れる南部の水辺が待っていた。

（みんな、すごいな……）

ここまでの道中で、灯里は驚嘆していた。

走れない鳥たちも、それぞれ得意とする地形では、目覚ましい活躍を見せていたからだ。

木々の枝が飛行の邪魔をする西部の森では、青帝寮のニワトリが大地を我先にと駆け抜けていった。そして、川の流れが東部まで続いている南部では、ここまで苦戦一色だった黒帝寮のペンギンが見事なごぼう抜きを見せた。

その映像中継に観客たちも大いに湧く中、式神の鳥の一団は東部の森へ雪崩《なだ》れ込むように突入していった。

灯里の式神の鳥・菊丸は、現在、七番手を飛んでいた。

先頭集団である。悪くない。

そのすぐ前を颯真の式神の文鳥が飛んでいる。二羽の間は、オカメインコ一羽分しかない。

勝負ができる差だ。

灯里は菊丸の視界を使い、追い抜く機会を窺う。

と、颯真の文鳥が、わずかに速度を落とす瞬間があった。

今だ！　と灯里が念じたのに合わせ、菊丸が加速する。

だが……颯真の文鳥が減速したのには、訳があった。

進路上に、風に吹かれて枝から離れた木の実がバラバラと降ってきたのだ。

颯真の式神の文鳥は、進路をずらし、辛うじてそれを避けた。

しかし、そこは菊丸の進路上である。目の前に突如飛び出してきた文鳥を避けきれず、菊丸はそのまま突っ込んでいってしまった。

（危ない――）

灯里は菊丸に伝える。

だが、間に合わない。颯真の式神の文鳥と菊丸が接触する。

その瞬間、灯里は菊丸がパニックを起こしたことを察知した。

（まずいっ……！　落ち着け、菊丸！）

高速での飛行中だ。そのままの速度で、二羽は揉み合うようにして最適なコース上から弾き出される。

「キャルルルル！」

颯真の式神の文鳥が「邪魔するな！」と言うように菊丸を突き始めた。その嘴から逃れようと、菊丸はどんどんコースから逸れてゆく。当然、先頭集団からも離されてゆく。

（まずい……けど、少し離れたら両方とも落ち着くかな）

灯里はそれを期待した。

だが、なぜか颯真の式神の文鳥は追ってきた。

見れば、目が三角になっている。本気でキレているのだ。

（待て待て待て、レース中だろ今は！）

そう宥《なだ》めたくとも、灯里は菊丸と感覚を共有しているにすぎない。

追われた菊丸は、パニック状態のままコースの外へ外へと逃げてゆく。颯真の文鳥もなぜか執拗に追ってくる。術者の性質が反映される式神だ。灯里をライバル視する颯真の念が追わせているのかもしれない。

頼むから落ち着いてくれ、と灯里は祈るように念じる。

……その時、灯里はぞくりとした。

全身の産毛が――否、羽毛が総毛だつような感覚だ。

(この感じ……あの視線と同じだ)

自分が時々感じていた、もう一度感じたら雪影に相談しようと思っていた、あの悪寒を伴う視線。あれから今日まで感じなかったのに。

それが、菊丸を至近距離から見ているようだった。

否、これは視線ではない。

(瘴気《しょうき》だ……)

どこかから、瘴気が湧き出ている。

瘴気とは、怨霊や呪物の類から発生する負の気である。

その瘴気が霧のように広がっている一角に、菊丸はどんどん近づいていた。

途中で、恐怖から元来た方向へ戻ろうと反転しようとするも、颯真の式神がそれを許さない。甲高い鳴き声を上げながら、菊丸を突いて追いやろうとしている。菊丸がパニック状態になっているように、こちらは興奮状態になっているようだ。周囲の異変に気づかないのも、そのせいだろう。

――『嫌だ、怖い、痛いやめて、怖い』

菊丸の気持ちが流れ込んできて、灯里は胸が痛くなった。

痛がっているのは颯真の式神に突かれているからだが、この恐怖は瘴気のせいであるようだ。そちらに行きたくない、怖い、と菊丸の身体が拒否しているのが分かる。適性試験の時に怖がっていたのと同じだ。震えている。

灯里は、菊丸との感覚を解除しようか迷った。

解除して、颯真の元へ駆け寄り、今すぐ突くのをやめさせるようお願いするか考える
……だが、颯真は式神と感覚を共有していないのだ。今の二羽が陥っている状況を知らない。念を送るのをやめろと言ったところで、颯真にとっても大事な勝負の最中だ。納得しないだろう。

(俺に、他にできることはないか……)

考えながら、灯里は菊丸と感覚を共有し続けることを選んだ。

このレースは、大事な一戦だ。

このレースのために練習を重ね、努力してきた。伊吹にも時間をかけて付き合ってもらった。菊丸との感覚共有を物にするため、吐き気と痛みに耐えた。颯真にだって負けたくない。雪影にだって宣言したのだ。

……だが、灯里の直感が告げていた。

レースよりも重要なことがある、と。

そして、この瘴気は放っておけば大きな災いをもたらすだろう、と。

（……先生たちがまだ動いてないってことは、この瘴気の発生元も分かっていないはず。どこからなのか、それを俺が特定できれば——）

逃げ惑うように飛び続ける菊丸の視界に、灯里は集中する。

依然として混乱した状態ではあるが、菊丸は上手に障害物を避けて飛んでいる。颯真の文鳥も引き離せたようだ。術者の灯里が伊吹から念のコントロールを学んだように、伊吹の式神のツバメとの練習で、菊丸は上手く軌道を変えられるようになっていた。

（いいぞ、菊丸。そのまま安全に飛んで——……あれは）

灯里は、その時、菊丸の視界に映り込んだものに気づいた。

外塀が見えた。

そして、その周囲の光景には見覚えがあった。

（ここは……あの時の……）

伊吹と颯真と一緒に、雪影と出会った場所だ。

瘴気の発生場所……それが分かった瞬間、灯里は目を開けた。

同時に、距離があるにも拘らず、思わず実況席に座っていた雪影に視線を向ける。

「先生——」

声を張り上げて呼ぼうとしたが、灯里はそれを呑み込んだ。

雪影がこちらを見て、首を横に振ったのが見えたからだ。どうやらこちらに来てくれるらしい。実況席から離れる姿が見えた。

空いた実況席には、他の教師が座る。占術担当の賀茂《かも》先生だ。何事もなかったように解説役を引き継いでいる。

灯里が焦燥感に駆られながら待っていると、次の瞬間、背後から声がした。

「他の生徒が混乱するので、このまま……何かありましたか？」

雪影は、灯里にだけ聞こえる声で尋ねてきた。そういう術を使っているのだろうか、姿は見えない。それで灯里は、雪影の意図を理解した。

「東の森で瘴気が湧き出してます」

「なるほど。具体的な場所は分かりますか？」

「はい。この前、先生が点検していた外塀付近です。発生源は、先生がいた場所よりも、もう少し塀の根本近くだと思います」

「……よく見つけましたね。あとはこちらに任せて。あなたは、可能なら式神の鳥にコースに戻るように誘導し、レースを続けなさい」

言って、雪影は労うように灯里の肩を優しく叩く。

そうしてその手が離れた次の瞬間には、もうそこに雪影の気配はなかった。


学園外苑の東部、森に呑み込まれたような姿の外塀。

離れた空間を一気に移動する〝縮地術〟を使いそこへと駆けつけた雪影は、地に足を付けると同時に真言を唱えていた。

「五大明王《オン》が一尊《ア》・軍荼利明王《ミリテイ》に帰命し奉る《ウン》。祓え給い清めたまえ《ハッタ》」

発動したのは、己の身を護身する結界術だ。

それが、雪影の身体を瘴気から守る。

「……賀茂先生のおかげで、ある程度の場所は絞れていたのが幸いしましたか」

雪影が施しておいた設置型の霊符。

それにより生み出された光壁の結界が、〝人影〟をその場に閉じ込めていた。

占術の担当教師・賀茂が、このあたりでよくないことが起きる、と少し前に予言していたのだ。曖昧な占術結果ではあったのだが、嫌な予感がしていた雪影はそれを信じ、点検と称して対策しておいたのである。

「しかし、なるほど。曖昧な気配の正体は、あなた方でしたか」

結界の檻に囚われた人影を前に、雪影は納得して頷いた。

虫である。

小さないくつもの虫、虫、虫……それが立体的に重なり合い、人の形を作っていた。

「結界を破ろうと直接的に試みたが無理で、それで虫を操り呪物を運ばせてきたのですね。呪いを発動させず、そうして今まで地中に隠しておいた、と……どうりで見つからないわけです――」

刹那に感じた殺気に、雪影は後ろへ飛び退《すさ》った。

結界の中とは別の方向から、人影が襲いかかってきたのだ。

檻に捕えたのと同じように、虫が寄り集まったものだ。

しかし、襲いかかって来たものは、虫同士の境目がなくなり、完全に人の姿になろうとしていた。呪物から湧き出た瘴気の影響で、虫に施されていた細工が発動したらしい。

「特定条件下で発現する式神か。しかも……」

雪影は周囲を見渡した。

ひとつ、またひとつと、虫が集まり人影を作る。それらはすべて人型の式神へと変容してゆく。

「……十以上ですか。これはさすがに骨が折れそうだ」

雪影は小さくため息をついた。

同時に、人型の式神に漂う術者の残り香に顔を顰める。

この術者には——否、術者が属する集団には——雪影も覚えがあった。

国からの法に則り国に尽くす正規の陰陽師とは異なり、法から外れた陰陽師たちがいる。陰陽師と呼ぶことすら憚《はばか》られる、己が欲望のままに陰陽術を行使する外道の者たちだ。

（〝血脈〟の者たちか……しかし、なぜこの学園を狙う？）

疑問はあったが、雪影はひとまず考えるのをやめた。

眼前に現れた、この学園の脅威を排除するのが先だ。ここ最近の疲労もあり、本調子ではない。だが、そうも言っていられない状況だ。やらねばならない。

雪影は式札を取り出した。

一枚ではない。

扇のように開いた式札は、計六枚。

「我が現身《うつしみ》となり、従え——急急如律令」

宙に投げた式札は、鳥の姿ではなく、人の姿をした式神となった。

六体、いずれも雪影によく似ている。

しかし、体格や髪型などは、少しずつ違っていた。ある者は髪が短く、ある者は若く、ある者は性別も異なっているように見える。けれども、それぞれの能力は総じて高い。卓越した陰陽師である雪影の力から生み出された式神だからだ。

「さて、どうしたものか……」

こちらの式神で、相手の式神すべてを抑えることはできる……そう雪影は判断した。数では劣るが、個々の力では勝っているのが感覚的に分かったからだ。

だが、呪物から溢れる瘴気を抑えるまでは、手が回らない。

……力が、わずかに足りない。

ひとりで飛び出してきたことを、雪影は珍しく後悔していた。

こういうところが、かつて恩師に苦言を漏らされた部分であり、自分が目をかけている教え子――灯里と似ている部分のひとつなのだ。パニックというほどではないが、気づけば身体が勝手に動いている。そういう性質が、術者の映し鏡と言われる式神の鳥にも反映されているのだろう。

それは後天的なものではなく、雪影の生来の性質だ。今でこそ大人らしい落ち着いた部分が覆い隠しているが、調子が万全でない時は、こうして漏れ出てしまうようだった。

情けない……と己の失態を嫌悪しながらも、雪影は思考を切り替える。

まず、相手の式神の数を減らす。

そして手が空いたのちに瘴気に対処する。

それに集中する。

「……術を発動させるまで、皆の指示は任せますよ。〝吹雪〟」

「かしこまりました」

雪影よりもわずかに小柄な人型の式神が答える。

彼を筆頭に、雪影の式神たちは敵に向かって飛びかかっていった。

それを見遣りながら、雪影は刀印を結んだ指で宙に五芒星《ごぼうせい》を切る。

「バン　ウン　タラク　キリク　アク」

呪力増幅効果を持つセーマンによって、雪影の式神たちの動きが俊敏で力強いものになる。一体で三体以上を相手に、それでいて引けを取っていない。雪影に襲いかかろうと隙をつこうとする相手がいれば、吹雪と呼ばれた式神が即座に間に入り込み、槍でも突き刺すような鋭さで蹴り飛ばす。

式神たちに守られながら、雪影は敵に攻撃する呪文を詠唱する。しかし、

「……ダメか」

一撃で終われば、と思った。けれどそれはさすがに楽観的すぎた、と雪影は冷静に己の判断の甘さを認める。

雪影は、鬼や怨霊の調伏は得意だ。

だが、今の相手は、怨霊や鬼の類ではない。

式神――つまり、人の念だ。本当の相手は、式神の向こうにいる術者である。

今はそれを直接叩くとができず、逆にこちらは相手に身を晒《さら》している状態……恐らく式神の目を通して、術者はこちらを見ていることだろう。

どうするか……雪影は、己の式神を強化する術を繰り出しながら考える。

ひとつ。敵の式神を通して、間接的に術者に呪術をぶつける。

……しかし、それを行うには、わずかにだが余力が足りない。

ふたつ。解呪によって式神を無効化するという方法がある。

……けれど、それには特殊な道具が必要だった。そして、残念なことに、今ここにそのような道具はない。

みっつ。式神一体に、助けを呼びに行かせる。

しかし、その余力もなかった。相手との戦力は拮抗している。一体でも欠ければ、押し返されてしまうだろう。

雪影が次の手に迷っていた、その時だった。

「祓《はら》え給《たま》い清め給え——急急如律令！」

聞き覚えのある声がして、雪影はとっさに振り返る。

そして、驚きで目を丸くした。

教え子の遠山灯里がいた。

その後を追ってやって来たのは、嵐山颯真である。

「あれっ、効果ない⁉」

「ばっか！　あれは式神だから浄化術は効かねえって！」

「ええっ、じゃあどうすれば」

「あー……六根清浄《ろっこんしょうじょう》！」

「それも浄化術じゃない？」

「うわ、本当だっ……あーと、じゃあ——」

敵の式神の一体が、灯里たちのほうへ襲いかかる。

それを見て、ピッと雪影は一枚の霊符を飛ばした。

「災禍祓除《さいかばつじょ》――急急如律令」

灯里と颯真を守るように、光壁の結界が瞬時に展開される。

それにより、襲いかかってきた敵の式神が弾き返された。

「あなたたちは、対式神用の術をまだ授業でやっていませんよ」

雪影は、現れた生徒ふたりにそう声をかけた。

灯里と颯真は、その言葉に揃って目を瞬かせる。

「えっ、じゃあ俺たち」

「役立たずってこと……ですか？」

「いえ。そうではありませんが、危険ですから下がっていなさい」

焦るふたりに、雪影はそう指示を出したあと、思わずふっと微笑んだ。

灯里と颯真を追ってきたのだろう。彼らの後から、力強い援軍がやって来たからだ。

「……ふたりとも、〝道案内〟助かりましたよ」

「雪影先生、助太刀《すけだち》します！」

叫びながら切り込んできたのは、体育教師の瑞樹だった。

さすがに脚が速い。しかも雪影とは異なり、主な攻撃方法は体術だった。

「せいっ！　――たあっ！」

掛け声と共に、瑞樹は敵の式神たちを拳でばったばったと殴り倒してゆく。

みるみる数を減らしていく。まるで、雪影とその式神たちが苦戦していたのなど嘘であったかのように……

「え……式神って、物理的に殴る蹴るで倒せるの？」

「確かに、式神の鳥も、傷つけば紙に戻るけど……マジか」

「いえ。あれは、物理的な攻撃だから効果があるわけではなくてですね。瑞樹先生が解呪の効果を持つ法具を手にしているため可能になっているのですよ」

ポカンとしている灯里と颯真。彼らが抱いた当然の疑問に答えながら、雪影は次々に敵の式神を消し飛ばす瑞樹を見て苦笑する。

敵の式神は、並大抵の力では解呪できない相手だ。

だが、解呪のための特殊な道具――瑞樹が手にしているあの独鈷《とっこ》のような法具があれば、それも可能だった。なぜならあの独鈷は、学園奥の宝物庫に安置してあるような、並大抵ではない力を持つ代物だからだ。

そして、それを取り出す権限は、この学園の学園長しか持ち得ていない。

「……やはり相談しておいてよかったようですね」

「え、相談……？　何の話ですか？」

雪影の呟きを拾った灯里が尋ねる。

不思議そうな顔をした教え子に、雪影は微笑み、そしてため息交じりに答えた。

「大事だという話ですよ。何事にもね」


敵の式神すべてを掃討したあと、雪影は瘴気の発生源を見つけ出した。

灯里と颯真は、式神レースに戻った。

恐らく、もう他の参加者たちはゴールしたあとだろう。

だがふたりとも「まだ勝負は終わってませんから」と言って睨み合ったのち、ここからレースを再開していった。

援軍として駆けつけてくれた瑞樹も、すでにこの場所を離れている。雪影が土御門学園長への報告を頼んだからだ。

瑞樹は、瘴気への対策が雪影ほど上手くはない。報告を頼んだのは、瘴気の中で奮闘してくれた彼が限界に達する前に、この未だ空気の淀んだ場所から離れさせるためでもあった。

「ここだな」

目星をつけた場所を、雪影は人型の式神たちに掘り起こさせた。

深さ百五十センチほど掘り進んだ頃だろうか。

黄色の紙を捻って紐状にしたもの――いわゆる紙縒《かみよ》りで十文字に縛り上げた、二枚合わせの土器が地中から出てきた。

「……ああ、これか」

知っている呪物だ。作り方に、有名な曰くがある。

地に膝をついた雪影は、土器を地中から拾い上げると、黄色い紙縒りを解き、ぱかり、とふたつに開いた。

瞬間、ぶわ、と瘴気が噴き上がった……が、それも一瞬のこと。

二枚の土器の中には、何も入っていなかった。土器の底を見る。そこには朱砂で『二』という文字が書かれていた。

「やはり道摩の……」

呟きかけた雪影は、瑞樹が持ってきた解呪の法具・独鈷を使い、パキン、と土器を割った。危険な呪物だったが、解呪した上で破壊してしまえば、どうということはない。

立ち上がり、雪影は膝についた土を払う。
そうして手で対応する印を結び、瘴気を一掃するための呪文を唱える。

「奇一《きいつ》奇一《きいつ》たちまち雲霞《うんか》を結ぶ
宇内《うだい》八方《はっぽう》五方《ごほう》長男《ちょうなん》たちまち九籤《きゅうせん》を貫《つらぬ》き　玄都《げんと》に達し太一真君《たいいつしんくん》に感ず
奇一奇一たちまち感通《かんつう》――如律令」

雪影の呪文により、あたり一帯から瘴気が晴れてゆく。
あとに残ったのは、破壊された呪物の破片だけだ。もう、雪影が感じ続けていた違和感も、不穏な気配もない。

……こうして、陰陽師学園に普段どおりの穏やかな気配が戻ってきたのだった。

体育祭式神レース各チームの出場鳥種リスト

赤帝寮

代表コメント
『目指せ三年連続優勝。頑張ります』

ミミズク
スズメ
ツバメ
トンビ
オカメインコ
コザクラインコ

青帝寮

代表コメント
『かかってきやがれ、ぶちのめす』

ニワトリ
グンカンドリ
キバタン
ワカケホンセイインコ
文鳥
ボタンインコ

白帝寮

代表コメント

『チーム一丸となって
戦う所存です』

セキセイインコ
マガモ
ムクドリ
カモメ
ワタリガラス
ハト

黒帝寮

代表コメント

『かわいさではどこにも
負けません』

カナリヤ
ウロコインコ
シマエナガ
モモイロインコ
メジロ
コウテイペンギン

終章 陰陽師の因縁

式神レースの参加者全員がゴールしたあと、その結果発表が行われた。

『まず個人の順位発表から……一位は、赤帝寮チーム二年、伊吹蒼』

「どもども～」

名前を呼ばれた伊吹が、表彰台に軽い足取りで上った。

拍手と歓声で湧き立つ赤帝寮の観戦席に向かって、彼はひらひらと手を振る。その伊吹の肩には、誇らしげに式神のツバメが留まっていた。

二位と三位は、青帝寮の二年生と白帝寮の三年生が、それぞれ名前を読み上げられてゆく。伊吹の時と同じように、各寮の観戦席から健闘を称える声が届く。同時に、途中で実況役になった占術の担当教師・賀茂先生の順位予測がすべて的中したことで、生徒たちは湧いていた。

個人の順位発表が終わった後、いよいよチーム全員の総合得点で競う団体戦の順位の発表となった。

式神レースの参加者だけでなく、観戦席の生徒たちも固唾《かたず》を呑んで発表を待つ。

なぜなら、本日最後の競技であるこの団体戦の結果をもって、体育祭そのものの結果が――総合優勝の寮が決まるからだ。

そして、ここまでの競技結果から、どの寮にもその可能性があった。

『次に、団体戦の結果です。

個人の着順により得られた合計点数は、赤帝寮が十五点、青帝寮が八点、白帝寮が七点、黒帝寮が五点……この合計点から脱落者の人数分、マイナス五点の減点があります。

赤帝寮、二名。青帝寮、三名。白帝寮、ゼロ。黒帝寮、二名……』

脱落者のいなかった白帝寮のチームと観戦席が、わっ、と声を上げた。式神レースの団体戦を制した寮には、本日の体育祭の総合優勝も自ずとついてくる点差だったのだ。

だが、続くアナウンスに、すぐにその声が困惑の色を帯び始めた。

『さて……しかしここに、今回は特殊な事情を鑑みて、特別加点を付与することになりました。団体戦の順位は変わりませんが、このたび、赤帝寮チーム一年・遠山灯里と青帝寮チーム一年・嵐山颯真には、十点ずつ付与します』

ざわざわ、と観戦席がどよめく。

十点は、個人一位の点数より多い。なぜだ、と不満そうな声が上がっていた。

しかし、それはアナウンスの説明ですぐに止《や》んだ。

『式神レースの最中、実は学園の結界に異変が起きておりました』

結界の異変、という言葉に、今度は別のどよめきが起こる。

陰陽師学園の中で生徒が安全に暮らせるのは、この結界があるおかげだ。適性試験での一件もすでに噂となって学園内で知らぬ者はいない。そのような背景もあり、生徒たちにも今回レース中に起きていた事件の重大さが理解できるようだった。

『陰陽師が式神を使役するのは、本来、手早く情報を集めるため……で、あれば、学園の危機をいち早く察知したことが、いかに優れた功績か、陰陽師を目指す本学園の生徒であれば理解できることでしょう。

遠山灯里と嵐山颯真の両名は、学園の安否に関わる大きな問題の解決に貢献しました。それが、レース一位の配点を超える特別加点を付与する理由です』

生徒たちが、しん、と静まり返る。

やがて、ぱち、ぱちぱち……と、誰かが手を叩き始めた。

風に吹かれた木々の葉がさざめくように、その拍手が観戦席中に広がってゆく。

もちろん全員ではない。だが、それでも、拍手は大白砂広場に響き渡るほどにまで大きくなっていった。

それは事に当たった灯里と颯真への慰労と賞賛であり、特別な加点への肯定だ。

『よって、本日の体育祭、総合優勝は――』


体育祭のあとの生徒たちの撤収は早い。

大食堂にて、全寮合同の打ち上げをするからだ。

体育祭を行っているその裏で、式神たちにより立食パーティーの会場としてセッティングされていた大食堂。そのテーブルの上には、自由に好きなものを食べられるよう、たくさんの料理がすでに所狭しと並んでいた。

生徒たちは最初、各寮の競技チームごとにまとまって歓談していた。半月の間、共に練習に励んだ仲間を互いに労う時間だ。

それは赤帝寮・式神チームも同じだった。

「みんな、お疲れ！　ほら、ちゃんと食べ物は取ってこれたか？」

リーダーの谷垣が、言いながら料理を山盛り載せた皿を灯里と涼介に渡してくれた。体育祭前ほどではないが、一年生は往々にして上級生に遠慮がある。それを見越して持ってきてくれたようだ。

しかし、それにしても量が多い。谷垣くらいの体格になるには、これくらい食べなければいけないのか……と灯里は真剣に考える。

「ありがとうございます、谷垣先輩。あと、レースでの脱落、すみませんでした」

「いや、謝ることじゃないさ。脱落者が出たところで、伊吹が一位を獲ってくれたんだ。他の順位がよければ……なあ、鏑木？」

「面目ない！」

三年生の鏑木が、灯里の前で頭を下げた。

赤帝寮には灯里の他にも脱落者がいたが、実は最初のひとりはこの鏑木だった。

「待ってください！　あれは鏑木先輩が僕を助けてくれたからですし！」

土下座までしようとする鏑木を、涼介が飛び出して引き止める。

青帝寮のボタンインコと縺れ合って転がっていった、涼介のコザクラインコ。あわや脱落かと思われた涼介の式神を捨て身の体当たりで救ったのは、鏑木の式神のスズメだった。

だが、血気盛んな青帝寮のボタンインコは、鏑木の式神スズメを許さなかった。そして、鏑木のスズメも、喧嘩上等な性格だった。結果、二羽で大乱闘を始め、赤帝寮の最初の脱落者となってしまったのである。もちろん青帝寮のボタンインコも道連れだった。

「カッコよかったです！　僕も鏑木先輩みたいになります！」

「おー、早瀬はもっと鍛えなー。次はひとりで倒すんだぞー」

「喧嘩勝負じゃないんだぞ、鏑木……ところで金原さんは、気づいたら四位だったな。俺も面目ない」

「私のトンビ、掠め取るのは得意なんです。でも、あれは谷垣先輩のミミズクが、青帝のニワトリを蹴りに行ってくれたからですし」

「あれは、どうしてだろうな。たぶん普段からの積もりに積もった――」

金原に答えていた谷垣の背後から、「谷垣よくもやってくれたなァ！」と肩を抱くように男子生徒がやって来た。ニワトリの式神を使役していた青帝寮の三年生である。どうやら谷垣とは仲がいいらしい。

その背後から、灯里にも見慣れた顔が現れた。

颯真だ。

「お疲れ。蒼は？」

「あれ？　伊吹先輩なら、さっきまでここで人に囲まれてたような……？」

「あいつ、昔っからそうなんだよ。いたと思ったら、すぐどっか行っちまう」

「それ、ちょっと分かる気が……あ、そうだ。青帝寮、総合優勝おめでとう」

灯里の賛辞に、颯真は「どうも」と呟くように答えた。

結局、体育祭で総合優勝したのは青帝寮、赤帝寮は準優勝だった。

灯里と颯真が獲得した特別加点によって、ふたりの寮は僅差で白帝寮を抜いたのである。

「レースでは白帝に負けてんだけどな。俺のせいで」

「いや、脱落した俺が言うことじゃないけど、青帝は颯真のせいだけじゃないでしょ。他にふたりも脱落してるし」

「だよな。俺もそう思うわ。他のとこのと揉めすぎなんだよ、うちの式神どもは」

「……ところで、颯真。勝負のことだけど」

「ああ、俺の勝ちだったやつな」

重い口を開いた灯里に、颯真が勝ち誇った顔で答えた。

レースの脱落者同士ではあるが、ふたりはゴールまでの残りの距離で勝負を続行した。

結果、灯里は颯真に負けた。

ほとんど横並びだったゴール直前、たまたま吹いた風が颯真に味方したのだ。

「颯真は、俺に雪影先生の弟子を辞めさせるつもりなんだよな。でも俺――」

「は？　待て待て。俺、そんなこと言ったか？」

「へ？　…………………あれ？」

よくよく颯真と出会ってからを思い返し、灯里は唸った。

……確かに、颯真の言うとおりだ。

てっきりそうだと思い込んでいたが、ハッキリと要求を明言されたわけではない。

「じゃあ、颯真は俺に勝ったらどうする気だったの？」

「どうって…………………」

「……まさか、考えてなかったわけじゃ」

「ばっ――バカ言え！　んなわけねーし！　そうだよ、お前に弟子を辞退させるつもりだったんだ！」

「で、自分が雪影先生の弟子になる、と」

「いや、そうは言ってねーだろ」

ん？　と灯里は目を瞬いた。

先ほどから話が噛み合っていない気がする。

そう思ったのは、颯真もだったようだ。灯里の誤解に気づいたらしく、たどたどしい口調で説明する。

「なんつーか、弟子とかそういうのは、雪影先生のほうから誘われなきゃ意味ないっていうか……俺的に、カッコよくない」

自ら弟子にしてくれと請うのは、どうやら颯真の美学に反するらしい。

「たぶん俺、雪影先生に、認めて欲しかったんだ。よくやってる、十分だ、って……でも、灯里と式神で勝負してみて、それには足りないって分かった。だから、踏ん切りがついた」

「踏ん切りって、何の？」

「俺も、名前を付けるわ。式神に」

「えっと、どういう風の吹き回し？」

「痛いだの怖いだの、重いだのなんだの気にしてねーで、もっと自由にやってみるかと思ったんだよ」

そう言って、にっ、と颯真は笑った。

瞬間、灯里には、颯真と伊吹が重なって見えた。

今まで似ていると思ったことは一度もなかったのだが、楽しんでいる時の颯真の笑顔は、伊吹とよく似ているようだ。

「そっか……で、颯真の式神、なんて名前にするの？」

「白玉《しらたま》」

即答だった。

白い文鳥である。確かにそう見えなくもない。

いい名前でもある……が、なぜ白玉？

「好物だからだよね」

灯里の疑問に答えたのは、伊吹だった。

颯真の肩越しからひょっこり顔を覗かせている。

「うわっ、蒼、お前いつの間に!?」

「ねえ颯真。ちゃんと命名したら、一緒に飛ぼうよ。感覚、共有してさ」

「別にいいけど……ついて来れなきゃ置いてくからな」

「それは大丈夫だよ、俺、速いから。灯里くんも、また一緒に飛ぼうね」

「はい。また一緒に」

むすっとして呟いた颯真も、まんざらでもなさそうで。

にっこりと微笑む伊吹は、本当に楽しそうで。

そんなふたりと話しながら、灯里も自然と笑顔になっていた。

打ち上げパーティーの会場も、寮、学年、クラスという境目もなくなり、生徒が入り乱れきった頃。

会場をそっと抜け出した灯里は、学園内に引き込んだ水路に架かる橋の上にやって来た。オカメインコの姿をした雪影の式神の鳥・吹雪が呼び出しにきて、道案内をしてくれた先がここだったのだ。

雪影は、橋の中ほどで待っていた。

もうすっかり夜だが、眩《まばゆ》い月の明かりがあたり一帯を照らしているため、周囲の景色も雪影の表情もよく見えた。

雪影は吹雪が手に留まると、それを式札に戻して懐にしまった。

「パーティーの最中に呼び出してすみません」

「いえ、それはいいんですけど……」

なぜこのような人気のない場所で？

考えた灯里だが、雪影と少し言葉を交わしただけで、その理由をすぐに理解した。

雪影は、式神レースの最中に起きたあの異変についての話をしようとしていたのだ。

体育祭までにどうにかすると話していた所用というのも、あの異変の原因を探っていたのだという。

そんな風に雪影が話し始めて、およそ五分後のことだった。


「説教です」

「すみませんでしたッ！」


低く静かに吐き出した雪影に、灯里は反射的に頭を下げていた。

体育祭前に感じていた視線のこと――それを灯里が話したところ、雪影の態度が一変したのだ。表情からは分かりにくいが、確実に怒っている。肌を刺すような冷気は雪影の怒気であって、決して外気が急に冷えたわけではない。

「……どうしてそのような大事なことを黙っていたのですか」

頭上から声がかかり、灯里は恐る恐る顔を上げて答える。

「報告はしようと思ってたんです。けど……その……体育祭のことで、頭がいっぱいで

「……」

「まったく、そんなのは言い訳にも——」

言いかけて、雪影はそこで何かに気づいたようだった。

それからバツが悪そうにため息をつく。

「——いえ。私も人のことは言えませんしね」

「私も……？」

「なんでもありません。次からは、必ず相談すること」

いいですね、と念押しする雪影に、灯里は「はいっ！」と激しく首を縦に振った。その返事に納得したのだろう。雪影から感じていた冷気が消える。

そこで灯里は、気になっていたことを尋ねた。

「先生……あの呪物と式神は、なんだったんでしょうか？」

「『蘆屋道満《あしやどうまん》』という人物を知っていますか？　またの名を『道摩法師』」

「ええと……確か、呪術基礎か陰陽史の授業で聞いたような……」

「道満は、安倍晴明《あべのせいめい》と所縁の深い陰陽師です。晴明との勝負に負けて弟子になったり、晴明の妻と不倫したり、晴明を殺したり、蘇った晴明に殺し返されたりと、晴明からすれば厄介な逸話の絶えない人物です」

「それは……厄介ですね……」

灯里は頬を引きつらせた。

芦屋道満は、安倍晴明に張り合っていたのだろうか。

自らぶつかっていっては、そのたびに返り討ちにあっていたような印象を灯里は抱いた。それよりも雪影の話の中で、さらりと殺された晴明が蘇っていたのが気になったが……話が逸れそうなので、灯里は脇に置いておくことにした。

「晴明の視点から見れば、厄介そのもののような道満ですが、別の視点から見れば、〝ドーマン〟こと〝九字《くじ》護身法〟の名の由来にもなっているとおり、陰陽道の発展に寄与した重要な人物でもあります」

「ライバルみたいな関係だった……ってことでしょうか？」

「晴明が聞いたら、どんな顔をするでしょうね」

雪影は、何とも言えない微妙そうな顔をしていた。

きっと灯里の言葉を安倍晴明が聞いたとして、同じような顔をすることだろう。

「瘴気の発生源は、その蘆屋道満がかつてとある貴人を呪うために土中に埋め、安倍晴明の式神の鳥によって見つけ出されたという呪物と同じように作られたものでした。何の因果か……今回の呪物も、あなたたちの式神の鳥が位置を知らせてくれたようなものですね」

「感覚を共有してよく分かりましたけど、菊丸は怖がりなので……それで敏感に察知したのかもしれません」

「なるほど。一理ある」

「あの……その蘆屋道満が、学園に呪物を？」

「いえ、恐らくそうではありません。蘆屋道満は、死んでいるはずです。しかし、一部の陰陽師からは今でも根強い人気がありましてね」

「それって、安倍晴明よりもですか？」

「人気の種類が違うと言いますか……熱狂的というか、狂信的というか……いずれにせよ、道満が死したのち、自分たちこそが彼の遺志を継ぐ者だと主張する〝道摩の血脈〟と名乗る者たちが現れました」

雪影は、そこでひとつ息をつく。

雪影からは、もう先ほどの怒気は消えている。けれどこの話をしている今、灯里は彼から憤りのようなものを感じていた。

「道満は晴明にこだわっていましたが、この〝血脈〟の者たちはそうではありません。ただ力を欲するだけの者たちです……晴明と競うことを重要視していない時点で、後継だなんだと名乗る資格もないと私は思いますがね」

　唾棄するように雪影は言った。やはりその〝道摩の血脈〟という集団のことを嫌っているようだ。

　ふと、そこで灯里は疑問を覚えた。

「先生。その血脈とやらは、ただ力を欲するだけの者なんですよね？」

「ええ」

「ってことは、学園の結界を破ろうとしていたのは、何か、彼らが欲するような力が学園の中にあった……ということですか？」

「授業でも、それくらいの理解力を発揮して欲しいものです」

「すみません……」

　なぜか雪影に皮肉られてしまったが、教師陣から理解力がないと定評のある灯里は素直に謝った。

「先ほどまでは、私も思い至りませんでした。そのような法外な力が学園内に存在していたら、もっと以前に狙われていてもおかしくない。いかに結界が強固でも、当たって砕けろ、とばかりにやって来る厄介な部分だけなら、この集団は道満の後継とも言えるほどですから」

雪影の話によれば、この集団は、かつて陰陽寮にすら侵入を試みたことがあるという。さすがに返り討ちにされたそうだが、欲しい力があれば考えなしに狙いにくる集団だということがよくわかるエピソードだ。

「ってことは、先生。今は思い至ってるんですか？」

「ええ。あなたではないかと」

言われた瞬間、灯里はぽかんとした。

ここには雪影と自分しかいない。『あなた』に相当する者は他にいない——。

「——えええええっ、俺ですか⁉　なんで⁉」

「鬼に霊力の大半を奪われてなお、短期間で式神と感覚共有ができるほど戻ってきている人間です。普通ではない」

「あの、それは、褒め言葉と思っていいんでしょうか……？」

「あなたは、よくも悪くも『特別』だということですよ。〃血脈〃に狙われてもおかしくないほどに。そもそも、あなたの霊力を喰らっていったあの鬼すら関係していたのではないかと——」

そこまで話して、雪影は言葉を途切れさせた。

夜を映したような静かな瞳で、じっと灯里を見つめる。それから再び口を開いた。

「……今のは、あくまで憶測です。考えたところで詮無きことですし、もしそうであったとしても、あなたがすべきことは、これまでと同じ。何も変わりませんよ」

「これまでと同じ？」

「強くなることです」

その一言に、灯里は雪影をまっすぐ見返す。

自分は、果たしてそこまで強くなれるだろうか？

……否。その問いには、もうとっくに答えを出している。

「もちろん、俺は強くなりますよ。けど」

「けど？」

「体育祭も終わりましたし、先生、また特訓つけてくれますよね？」

「構いませんよ。あなたがついて来られるというのなら」

「先生を追い越すつもりですから」

「それはいい心がけです。では明日は、卯《う》の初刻に、ここで」

明日は体育祭後の休日である。そして、卯の初刻とは早朝六時だ。

現在、すでに夜も九時を過ぎている。今夜の体育祭と打ち上げで、明日のその時刻は、皆、泥のように眠っていることだろう。

灯里も正直、眠っていたい。

しかし、追い越すつもりの雪影が提示した条件だ。それを呑まずに強くなる方法が、今の灯里にはまだ分からない……だから、返事も決まっている。

何があっても、何がやって来ても、大丈夫。

そういう確かな強さを得るために。


「よろしくお願いします！」


賑やかな打ち上げ会場を遠くに臨む、静けさが流れる橋の上で。

決意に満ちた声が、新たな特訓の始まりを告げる号砲の如く響き渡ったのだった。

あとがき

『陰陽師学園～式神と因縁の交錯～』の世界に、ようこそお越しくださいました。

応援してくださった皆様のおかげで、こうして二巻もお届けすることができました。お手紙をくださった読者様もいて、非常に励まされました。

本書では一巻あとがきでの夢想どおり、鳥まみれの体育祭を展開しております。作者的には非常に楽しく執筆しましたが、読者の皆様にも楽しんでいただけますようにと願いつつ、灯里たちのようにオカメインコを肩に載せながらこのあとがきを書いております。本書に出てくるのは、鳥ではなく、あくまで〝鳥の姿をした式神〟ではありますが、陰陽師の魅力とともに様々な鳥の魅力を少しでも伝えられていたら嬉しいです。

さて、二巻では、新たにキャラクターも増えました。

ライバルの颯真は、灯里にとっては面倒な相手ですが、彼が手のひらに文鳥を載せている姿など、ぜひ想像してもらえたらなと思います。また、頼れる先輩の蒼ですが、予定よりずっと登場シーンが増え、個人的にお気に入りのキャラクターになりました。

基本的に執筆中、最初の構想から外れることはあまりないのですが、本作は珍しく想定よりもページ数が多くなりました。それだけ楽しかったのだと思います。執筆の機会をくださった読者の皆様、関係者の皆様に、改めて感謝を申し上げます。

マイナビ出版ファン文庫様と、担当の山田さん。今回も多大なサポートに感謝を申し上げます。おかげさまで、翼をのびのびと広げて飛ぶような物語にできた気がします。

装画担当の京一先生。一巻に引き続き、二巻も素敵なカバーイラストをありがとうございました。迫力ある構図で灯里たちを見ることができて興奮しました。加えて、今回はキャラクター紹介ページの立ち絵も眼福でした。カバーにはいない雪影や一巻からレギュラー登場している涼介を初めてイラストで見られて、とても嬉しかったです。

装幀担当のAFTERGLOW様。今回も本書を素敵な装いにしてくださって感謝です。帯や章扉など、遊び心のある一冊にしていただけて大満足でした。

その他の関係者の皆様。お一人お一人のお名前を知ることは叶いませんが、作品をお届けするまでの間にご尽力いただき誠にありがとうございます。

最後に、読者の皆様。お手に取っていただき、心より御礼申し上げます。本シリーズが続編へと飛び続けることができましたら、ぜひまた本学園までお越しくださいませ。

三萩せんや

この物語はフィクションです。
実在の人物、団体等とは一切関係がありません。
本作は、書き下ろしです。

三萩せんや先生へのファンレターの宛先

〒101-0003　東京都千代田区一ツ橋2-6-3　一ツ橋ビル2F
マイナビ出版　ファン文庫編集部
「三萩せんや先生」係

陰陽師学園
～式神と因縁の交錯～

2022年9月20日　初版第1刷発行

著　者　三萩せんや
発行者　滝口直樹
編　集　山田香織（株式会社マイナビ出版）
発行所　株式会社マイナビ出版
〒101-0003　東京都千代田区一ツ橋2丁目6番3号　一ツ橋ビル2F
TEL　0480-38-6872（注文専用ダイヤル）
TEL　03-3556-2731（販売部）
TEL　03-3556-2735（編集部）
URL　https://book.mynavi.jp/

イラスト　京一
装　幀　AFTERGLOW
フォーマット　ベイブリッジ・スタジオ
DTP　富宗治
校　正　株式会社鷗来堂
印刷・製本　中央精版印刷株式会社

 ISBN978-4-8399-8073-3
Printed in Japan

ファン文庫

陰陽師学園
おちこぼれと鬼の邂逅

著者／三萩せんや
イラスト／京一

学園のおちこぼれが立派な陰陽師
になるために奮闘する学園ファンタジー！

陰陽師の素質を持つ子どもたちが集う学園に入学することになった灯里。彼を待ち受けていたのは——最強の陰陽師による特訓だった!?

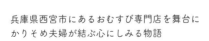

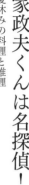